Kerstin Hensel
Im Spinnhaus

Kerstin Hensel

Im Spinnhaus

ROMAN

Sammlung Luchterhand

Verlagsgruppe Random House FSC-DEU-0100
Das für dieses Buch verwendete FSC-zertifizierte Papier *Munken Print* liefert Arctic Paper Munkedals AB, Schweden.

1. Auflage

Satz: Filmsatz Schröter, München
Druck und Einband: CPI – Clausen & Bosse, Leck
Printed in Germany.
ISBN 978-3-630-62152-4

www.luchterhand-literaturverlag.de

»Frau, schlag mir den Vogel im Munde tot!«
(aus einem deutschen Volksmärchen)

»Alles erfunden!«
K. H.

Der Bär

Mit dem Schnee kam der Bär nach Neuwelt.

Den Schnee brachte die letzte Novemberwoche des Jahres 2003. An einem jener Abende, der vier Uhr nachmittags beginnt, Stockdunkelheit erzeugt und zur Nacht hin heller wird. Der finstere Morgen bereitet den Menschen quälendes Erwachen.

Der Bär war aus dem Böhmischen über Crottendorf und Schwarzenberg gekommen.

Jäger konnten seine Spur zurückverfolgen, zwei Tage lang im Frischschnee. Sie führte geradewegs über die Gleise der Erzgebirgsbahn, verlor sich im Pöhlbach und tauchte östlich hinter der Podlava in der Nähe von Horni Halze im Gehölz wieder auf.

Der Bär trat aus dem Wald, schlug sich stadtwärts, sappte Straßen und Gehsteige entlang. Kein Mensch sah ihn. Tausalz fraß sich in seine Fußballen. Der Bär brummte, verfiel in Galopp. Sein Weg ging am Friedhof vorbei, Sozialamt Landrat Post, Uttmannstraße links, Schneeberger, Straße der Einheit, die aus der Stadt hinausführte zum Ortsteil Neuwelt. Der Bär lief Richtung Schule, die Lutherstraße entlang, es trieb ihn beim Steinbruch den Geringsberg hinauf.

Vor einem der geputzten Felssteinhäuschen blieb er stehen, winselte und schnorchelte. Kein Mensch hörte ihn.

Durch den Schnee in die Finsternis. Hinterm Berg lockte der Wald. Der Bär blickte sich noch einmal um. Es war ihm, als hätte ihm aus der Stadt jemand mit einer Sturmlampe nachgeleuchtet. Er witterte, vom eigenen Atem umdunstet, die Kälte.

Gegen Morgen erreichte der Bär das Spinnhaus.

Er fand an der Rückseite eine moosige Felssteintreppe, die in die Tiefe führte, glitschig noch vom ersten Schnee. Seit Jahren hatte kein Mensch mehr diese Treppe betreten.
Der Bär stieg sie nach unten. Er lehnte sich gegen die Brettertür und brach sie aus den Angeln.
Neben einem schwarzen stählernen Waschkessel legte er sich auf den Boden.
Der Bär pulte sich die Schneereste, die zwischen den stumpfen gebogenen Krallen hingen, heraus, lutschte sie auf und begann mit gebleckten Zähnen und zarten vorsichtigen Zungenbewegungen die Haut von den Fußsohlen zu ziehen und zu verspeisen. Er leckte und saugte angestrengt an seinen gehäuteten Sohlen, bis er einschlief.

Der Bär blieb sieben Wochen im Waschkeller des Spinnhauses, bevor er seine Winterruhe unterbrach und eines Nachts davonschlich. Die Spur führte deutlich zum Ort seiner Herkunft.

Das Spinnhaus

Es wurde um 1860 herum erbaut: ein dreistöckiges Gebäude mit schiefergedecktem Spitzdach. Das Fundament aus Steinen, die von den Granitmassiven des Erzgebirges geschlagen worden waren.

In der unteren Etage befand sich die Fabrik. Dutzende moderne Kämm- und Ringspinnmaschinen, Wollschläger und Klettenwölfe versprachen dem Besitzer Reichtum, etwas, das dem Leben im Erzgebirge nie zugedacht war.
An die hundert Spinner und Spinnerinnen schleppten sortierten wolften mischten schmälzten lösten wogen krempelten nitschelten und spannen Wolle Baumwolle Garn, zwölf Stunden am Tag, faserhustend, traumversponnen des Nachts.
In den oberen Stockwerken hausten sie mit ihren Familien.

Seit jener Zeit war das Haus hinter dem Geringsberg verschrien als Hort der Ausbeutung, Armut und Krankheit, der größte Elendspunkt des westlichen Erzgebirges. Der Profit sächsischer Textilindustrie ließ die Städte stark werden. Die Neuwelter Spinnfabrik war ihr nicht gewachsen. Nachdem vierzig Jahre vergangen waren, standen die Maschinen still.

Der Pleite folgte das neue Jahrhundert. Es versprach, anders zu werden.

Die Leute vernahmen es als Rumoren, das aus Gräben und Tälern drang. Oder es glimmerte unter den Schuttdecken der Berge, vielversprechend wie Edelmetall. Eberesche und Engelwurz nährten sich aus Säften des Miriquidiwaldes, wuchsen gegen die neue lichtungschlagende Zeit, behaupteten sich auf Waldwegen und Wiesen: urtümliche Rispen Dolden, knallrot bitter.

Man sagte dem Spinnhaus Unheimliches nach.

Eine Sammelstelle wurde es für wilde Tiere, Anlaufpunkt für Leute, die dem normalen Leben entsagen wollten.
Es brachte Gerüchte zustande, zumal sich die Menschen, die das Haus nach dem Bankrott der Spinnfabrik bewohnten, in erstaunlicher Vielzahl vermehrten. Es war nicht ungewöhnlich, daß eine Familie zwölf Kinder besaß, die in höchstens zwei Zimmern miteinander auskamen.
Jeder Familie im Spinnhaus war von Gott auch mindestens eine Mißgeburt zugedacht.

Sperrgusche Trulla

Mit sechzig Jahren ließ sich die alte Uhligen endlich schwängern.
Ein Wunder, daß ihr Leib noch den Saft eines Mannes hatte aufnehmen können, da sie doch seit ihrer Jugend nicht einmal richtig zu essen vermochte und nur aus Vernunft täglich ein bißchen Brot und Kompott zu sich nahm. Immer stand sie ganz schmal auf den Beinen, die Knochen von lederner Haut umgeben.
Im Dorf sagte man bei ihrem Anblick:
»Su e dirrs Geprassl.«

Geboren im November 1900 als Tochter eines Schindelmachers und einer Strumpfstrickerin, wurde sie mit Eltern und acht Geschwistern von der Gemeinde aus einer Schwarzenberger Hinterhofkammer ins Spinnhaus verfrachtet. Dort, hoffte man, würde der Teufel die Sippschaft dezimieren, denn sämtliche Mitglieder der Familie Uhlig hatten etwas Unheimliches an sich: sie waren stumm.

Es war ein Stummsein der Seele.

Weder Vater Mutter noch Kinder gaben je einen Laut von sich, der der Verständigung mit anderen diente. Sie redeten nicht, wie es die Leute sonst taten – die Uhligs pflegten nach außen hin erzene Tonlosigkeit.
Untereinander sprachen sie das Nötigste.

Uhlig-Vater schlug Jahr um Jahr Schiefer und ergraute bis ins Weiße der Augäpfel hinein. Mutter Uhligs nadelklappernde Finger krümmten sich unter Rheuma. Immer öfter lösten sich Maschen, zerdröselten die Strümpfe. Bis Mutter das Stricken aufgeben mußte.
Als Trulla, die Jüngste, zur Welt kam, konnte Uhlig-Muttern ihr Kind schon nicht mehr festhalten.

Trulla war anders.
Von Geburt an schrie sie aus kräftigem Guschel, bläkte quäkte brüllte gegen jede Familientradition an.
Als sie ein halbes Jahr alt war, starb Vater an Schieferstaublunge. Die ersten Worte, die Trulla zwei Monate später von sich gab, begleiteten Mutter ins Grab.

Trulla, genannt Sperrgusche, redete, was zehn Uhligs ihr Leben lang nicht gesprochen hatten. Unablässig sprudelten Worte aus ihr heraus. Mit großem Spaß ließ sie Töne steigen, quietschte heitere Reime, brachte Spinnhäusler und Dörfler zum Lachen.
Redete redete redete. Gehörtes spann sie zu Geschichten, Vermutetes zu Märchen. Sie versetzte die mürrischen Gebirgler in den Zauber fröhlicher Träume. Die ganze Kindheit widmete sie ihrer Kunst.

Mit zwölf Jahren besuchte Uhlig-Trulla die Klöppelschule in Schneeberg.

Sie besaß die Fähigkeit, auch beim Kreuzen der Klöppel zu erzählen. Nach Vorgaben des Musterbriefes entstanden Zierden und Ornamente nicht nur in weißer Kattunspitze. Uhlig-Trulla fädelte hunderte kuriose Geschichten in ihre

Arbeit hinein. Das Garn um den Stengel geschlungen, paarweis aufgedreht, halbe Schläge, ganze Schläge, Kreuzschläge, Doppelschläge, Zipfel-, Rosen-, Raupenborten, Schnällchen Schlänglein Morgensonne, Herrenwurst und Pfaffenhut; kreuzquer schossen Klöppel, wurden Nadeln ins strohgestopfte Kissen gesteckt, kreuzquer Fäden auf Dudel geschoben, kreuzquer Zaubersprüche Sagen Geschichten verflochten.
Die anderen Klöpplerinnen mochten die Sperrgusche anfangs ertragen. Nach einer Weile wurde Trulla ihre Ruhlosigkeit zum Verhängnis: sie wußte alles, was in der Gegend und unter Leuten vorging. Sie erzählte es weiter, putzte die Anekdoten auf, verfeinerte und vergröberte sie nach eigener Lust. Mitunter wußte sie die Wirklichkeit nicht von ihren Sprachlustgebilden zu unterscheiden. Manch Neuwelter sah sich verraten, in ein Licht gestellt, das er nicht kannte, das ihm Angst machte.
Krähen ließen sich auf dem Dach des Spinnhauses nieder.
Vor allem die Weibsn fürchteten Trullas Märchen und Gemeinheiten und sammelten heimlich Indizien gegen sie.

Mit vierzehn Jahren redete Trulla gegen die Zeit.

Sie hatte Augen und Ohren überall:
Das Geschrei der Mädchen auf dem Platz vor der Emmauskirche, Blaskapellen, die Burschen in Uniform, Gewehre Blumen Krieg Kirmes, die Lockrufe der Generäle und des Friedhofes, oben, wo der Wald anfängt.

Trulla bekam keinen ab.
Hatten alle jungen Weibsn bei Kriegsbeginn noch schnell

einen Liebsten unter ihre Schürzen gelockt, so blieb Trulla allein sitzen.
»Die redt wie e Entnarschloch«, sagte man, aber Trulla konnte nichts dagegen tun.

Es gefiel ihr nicht, was vor sich ging.
Sie wollte auch keinen Soldaten.
Vier Brüder im Feld.
Einer fiel vor Riga, einer bei Hermannstadt, einer ertrank in der Donau, den vierten zerriß es bei Verdun.
Klöppeln Deutsches Frauenwerk.
Trulla verklöppelte ihren Haß.
Eisern kreuzweis zählte sie die Toten auf. Laut. Hörbar.
Halbschlag Ganzschlag Galgenknoten.
Die Kaufladentür schloß sich vor ihr.
Die Kirchentür schloß sich vor ihr.
Die Tür der Klöppelstube.
Nur das Spinnhaus war für sie offen.
Die Neuwelter Frauen wollten nichts mehr hören von Uhlig-Trulla.

Sie redete mit sich.
Klöppelte erzählte klöppelte labbte klöppelte schwafelte.
Uhlig-Trulla war Meisterin geworden. Ihre Spitzen Litzen Borten fanden begeisterte Käufer. Sie war unermüdlich im Handwerk. Sie vergaß mitunter Essen und Trinken. Ihre Geschichten rankten sich um den Hunger des Lebens. Ihre Haare waren lang und schwarz.
Bis sie das dreißigste Jahr erreicht hatte.

Niemand hat Uhlig-Trulla jemals nackt gesehen.
Die Dorfweibsn behaupteten, sie litte unter einer auszeh-

renden Krankheit, die von Gott geschickt worden sei und sich als erstes im Haar zeige.
Als Trulla an ihrem dreißigsten Geburtstag die strenge Dressur des zum Knoten gebundenen Haares auflöste, um es über dem Küchenausguß zu waschen, stieß sie auf Silber. Es fiel aus ihrem Haar: gediegen drahtig gekrümmt fein in sich gewunden. An manchen Stellen, an den Spitzen vor allem, schien es, wie man es im Gebirge finden kann: gelbbraun und schwärzlich. Wenn Trulla das Haar wusch, spülte sie kleine bleiglänzende Kristalle heraus.

Abermals redete sie gegen die Zeit.
Einen zweiten Weltkrieg lang, in dem sie das Sonnenradmuster erfand, aber so schnell und viel gar nicht nachklöppeln konnte, wie von ihr verlangt wurde.
Uhlig-Trulla klöppelte sich kaputt.
Für den Ausputz des Krieges.
Die innere Front der Kultur: Sonnenradmuster, Spitzen Borten Deckchen von Böhmen bis Sudetenland, von Schlesien bis nach Mähren.
Uhlig-Trulla alterte auf unaufhaltsame Weise: schneller, unerbittlicher, als es üblich war. Sie ahnte, was für einen Wahnwitz sie herstellte.
Ließ die Klöppel hängen.
Zerriß das Garn.
Sie aß kaum etwas, dörrte vor sich hin, sah hörte wußte was geschah, listete abermals die Toten auf, erzählte die Geschichte jedem, der sie nicht hören wollte.

An einem Maitag 1943 besuchte Reichsstatthalter und sächsischer Gauleiter, der Mutschmann-Martin, den Neuwelter Kirchplatz. Trulla schaffte es unter Vortäuschung

hysterischer Verehrung, den Mann zur Seite zu ziehen und ihm aus ihrer Kenntnis der Annalen ein Anekdötchen vom Mutschmannschen Stammbaum zu offenbaren:
»Vor genau zweihundert Jahren«, flüsterte sie dem Gauleiter ins Ohr, »hat auf dem Boden, wo heute das Spinnhaus steht, das Weib des Mutschmann-Curt eine tote Tochter ohne Hirnschale geboren. Mit offenem Mund war sie zur Welt gekommen und der Zeigefinger in die rechte Hand gewachsen. An der Stirn hatte sie zwei große offene Kalbsaugen und hinten am Kopf Haarzöpfe von Fleisch mit hölzernen Kunkeln durchzogen.«
Der Gauleiter war blaß geworden, aber da kamen schon andere Männer in Uniformen, stießen die Sperrgusche zur Seite und retteten Mutschmann-Martin vor dem Herztod.

Der Pfarrer bezichtigte Trulla der Zügellosigkeit im Umgang mit Wahrheit und Glauben.

Sie mußte im Steinbruch, der sich an der rechten Seite des Geringsberges entlang erstreckte, arbeiten.
Es war die Hölle.
Mitunter stieß sie beim Brechen des Gesteins auf Silber und Zinn, wie es in der Schwarzenberger Gegend oft vorkam. Mitunter aber fand sie auch pechglänzendes Mineral, dessen Strahlen ihr Körper aufnahm, Tag um Tag, wie die anderen Steinbrucharbeiter.
Unten toste das Schwarzwasser.

Mit fünfundvierzig Jahren hatte Trulla den Buckel einer Hexe und Hände wie Krallen.
Sie wohnte allein in einer kleinen Küche im Spinnhaus.

Umgeben vom eisernen Herd Tisch Spind Ausguß Küchenbank. Der Klöppelsack war geplatzt, Stroh drang heraus. Trulla wollte ihn auf den Dachboden verfrachten, aber sie schaffte es nicht. Abends breitete sie Decken auf der Bank aus und rollte sich darunter zusammen. Wenn der Herd erkaltet war, überfiel Trulla der Schlaf.

Sie dachte selten daran, daß ihr etwas fehlte.

Der Steinbruch war geschlossen worden, als der Frieden nach Neuwelt kam.
Am 8. Mai 1945. In aller Stille.
Sechs Wochen lang der ungewöhnliche Frieden im Landkreis Aue-Schwarzenberg, in dem nichts zu hören war, kein Schuß, kein Motorradknattern, keine fremden Befehle.

Auch Uhlig-Trulla schwieg.
Auf ihrer Haut wuchsen seltsame pechblendenschwarze Punkte.

Wenige Tage später und wenige Kilometer vom Spinnhaus entfernt, in einer Pfarrstube, wurde die Republik Schwarzenberg ausgerufen.
Trulla, wie auf überirdischen Strahlen in Gedanken dahingetragen, erfuhr, was vor sich ging. Sie fand ihre Sprache wieder und erzählte am nächsten Tag den Weibsn des Dorfes, was die Zukunft bringen sollte.

Aus den Trümmern des Dritten Reiches entsteht eine freie deutsche Republik.
Die Zukunft gestalten wir selbst.

Es war ein Gekrächz und Gezänk, das Uhlig-Trulla umschwirrte. Warum wollte sie die Leute mit ihrem Gerede nicht in Ruhe lassen? Was für giftige Lust trieb sie, die wildesten Gerüchte zu verbreiten, zumal eine Krankheit an ihrer Haut fraß?
Vielleicht war es ja ansteckend.
Das Schwarzwasser trug ihre Träume durchs Gebirg.
Die freie Republik.
Ende Juni war sie vergessen.
Ende Juni kam der Russe nach Schwarzenberg.
Ende Juni spann Trulla die irrwitzigsten Märchen.

Sie erzählte die Märchen viele Jahre lang. Mal den Waschweibsn, dem Pfarrer, den Kindern auf dem Schulhof. Man lachte Trulla aus.

Die schwarzen Flecken auf ihrer Haut vermehrten sich. Sie schmerzten nicht, begannen aber zu bluten und verwuchsen zu Geschwülsten.
Mäuse hatten sich über den alten Klöppelsack hergemacht.
Die Gemeinde gab Trulla ein paar Groschen für Brot und Erdäpfel.
Trulla aß noch weniger als sonst.
Milchmann Stülpnagel riet ihr zum Knollenblätterpilzragout. Der Pfarrer empfahl einen Arzt.

Uhlig-Trulla brauchte keinen Arzt.

An ihrem neunundfünfzigsten Geburtstag, als ihr morgens ein Pfund gediegenes Silber aus dem Haar in die Küchenspüle fiel, beschloß sie, ihrem Leben ein Ende zu setzen.

Mit nassen Haaren verließ sie das Spinnhaus.
Es war Herbst.
Zu beiden Seiten des Weges wuchs Engelwurz in holzigen Dolden. Auch Fingerhut und Schierling lockten die Kranke. Doch jene Gifte, in denen sie sich auskannte und die ewige Heilung versprachen, wollte sie nicht gebrauchen.
Trulla trieb es ins Wasser.
In den Griesebach, der hinter Neuwelt durchs Lauterer Förstel floß und sich in den Hüttenstauden bis zur Morgenleithe hin verzweigte.
Trulla zog sich nackt aus.
Kein Mensch hat sie jemals nackt gesehen.
Trulla stieg in den Bach. Ritzte sich die Füße am Glimmersteingrund. Dann tauchte sie ins Wasser. Eiskalt umspülte es Haut und Knochen. Aus Boden und Felsen gelöste Energie strömte durch die Badende.
Als sie wieder aus dem Bach geklettert war, sang Uhlig-Trulla. Frisch fühlte sie sich, erlöst von allem Druck und der Verrottung ihrer Haut.

Sie lief nach Hause, indem sie federnden Schrittes über Wurzeln und Buschwerk sprang.

Kurz vorm Danelchristelgut, in einer herbstbunten Wiese, warf sich Trulla nieder. Ihr war, als würde ihr das Glück den Verstand entreißen. Ebereschenrotes Licht sah sie über den Wald steigen, dann verdunkelte es sich, wurde warm, etwas kam näher, eine Gestalt, warm, brummend, Trulla raffte ihr Kleid über dem Bauch und schob sich dem Fremden entgegen.
Es geschah etwas, das Trulla nur vom Hörensagen kannte. Worüber sie selbst nie zu erzählen vermochte, was sie aus

allem Wissen und Begehren verdrängt hatte. Etwas, das für sie nicht vorgesehen war.
Sie spürte alles und nichts.

Wer es gewesen war, der die alte Sperrgusche dick gemacht hatte, war nie in Erfahrung zu bringen. Trulla selbst wußte nichts, wollte auch nichts wissen. Sie pflegte nur ihren Bauch, zeigte ihn stolz vor und ließ sich von niemandem eine Gefahr einreden.

Die Gemeinde betete für sie.
Nach dem Gottesdienst warfen ihr die Weibsn Tannenzapfen und Kienäpfel nach.
Beim Milchmann Stülpnagel wurde gemunkelt, der Russe sei *es* gewesen.
Im Sägewerk sprach man dagegen vom verrückten Meder-Andreas, der selbst vor Verstorbenen nicht haltmache.
Es war der Bär, knarrten die Krähen.
Im Spinnhaus war klar: es würde niemals eine Antwort auf die Frage geben, wer Uhlig-Trulla geschwängert hatte.

Nach neun Monaten hatte Trullas Bauch die Größe eines Gartenkürbisses.
Nach zehn Monaten bot sich Milchmann Stülpnagel an, Trulla in die Frauenklinik zur Entbindung zu fahren.
Trulla ließ niemanden an sich heran.
Sie war glücklich und trug ihren Bauch durchs Gebirg wie einen kostbaren Fund.

Nach einem Jahr Schwangerschaft, da immer noch kein Kind aus Trulla herauswollte und sich die Krähen scharenweise auf dem Dach des Spinnhauses niederließen, gab die

Gemeinde Neuwelt Uhlig-Trulla und ihren Nachwuchs auf.
Steinmetz Winkler legte einen kleinen Granit zur Seite.
Der Pfarrer bereitete sich auf ein Doppelbegräbnis vor.
Der Arzt wußte, daß auch ein totes Kind früher oder später den Leib der Mutter verlassen würde.

Aber Uhlig-Trulla scherte sich nicht um die Erwartungen der Leute.
Sie erdachte die wundersamsten Geschichten, nach denen sich das Kind in ihr in bester Geborgenheit befand. Denn in der Welt, sagte Trulla, sei Schreckliches im Gange: sie würde schrumpfen. Sie würde dem Kleinen und Grauen zum Sieg verhelfen. Hier in Neuwelt würde man als erstes davon hören.
Genaueres wollte Trulla nicht kundgeben, aber es glaubte ihr sowieso keiner mehr.
Nur die Lehrer warnten ihre Schüler vor der alten Sperrgusche, denn sie redete gefährlich für ihre Ohren.

Als Pfarrer und Polizei die Uhlig-Trulla mit siebzig Jahren und noch immer hochschwanger in das Schwarzenberger Pflegeheim einweisen wollten, fand man die Küchentür, hinter der die Alte hauste, verrammelt.
Kein Dietrich, kein Brecheisen schaffte es, Trulla aus dem Spinnhaus herauszuholen.

Noch heute sitzt die Sperrgusche am Küchentisch.
Täglich ißt sie ein wenig Brot und Kompott.
Einmal pro Woche spült sie Silber aus ihrem Haar. Der Ausguß ist verstopft.
Mitunter kommen Kinder aus dem Spinnhaus zu Trulla,

berühren mit wohligem Gruseln ihren dicken Bauch und bitten sie zu erzählen:
»Sa uns ner wohl ewos von dir.«
»Wos wollt ihr denn hern?«
»Alles, ober ma müsses glaabn könne.«
Da verzieht Uhlig-Trulla ihr lederhäutiges Gesicht und sagt:
»Wenn iche wos darzähl, is das fei immer wahr.«

Das Waschkind

Zschiedrich-Lottes Element war die Wäsche.

Regel und Zufall waren gleichermaßen dafür verantwortlich gewesen, daß sie sich seit früher Kindheit dem Waschen Trocknen Plätten mit aller Kraft und Freude hingegeben hatte, um später selbst als Chefin der Lohnwäscherei Erfolg zu finden.

Um 1900 war es üblich, daß die Mädchen ihre Mütter in die Waschanstalten begleiteten, um, teils spielerisch, teils in echtem Einsatz, für ihre Zukunft zu üben.
Lotte hatte das Glück, täglich üben zu dürfen.
Als Tochter der Wäschereibesitzerin lief sie jeden Morgen an Mutters Hand vom Vorderhenneberg am Friedhof vorbei durch den Wald zum Spinnhaus. Schon von weitem sah sie das glänzende Emailleschild mit der Aufschrift WASCH- UND PLÄTTANSTALT FRAU BERTA ZSCHIEDRICH.
Das war der Name ihrer Mutter.
Stern des Stolzes.
Jedesmal, wenn Lotte vor dem Schild stand, spürte sie den Schauer, den jene heißduftende Welt in ihr auslösen wird, in die sie sogleich hinabsinken würde. Aus der unbegreiflichen Kälte, die Mutter und Vater sonst für sie übrig hatten, in die Wärme der Wäscherei.

Ein paar Stufen führten in den Keller, der über das gesamte Fundament des Spinnhauses als Waschanstalt ausgebaut war. Im hinteren Teil befand sich die Plättstube.
Die Besitzerin, Lottes Mutter, ein breithüftiges Weibsn in gestärkter Schürze und weißer Flügelhaube, zeigte, obwohl ihr der Ruf anhing, sie sei eine alte Arschbirscht, für Kinder besondere Vorliebe. Kinder fauchte sie nicht wie ihre Angestellten oder Kundinnen zusammen. Kinder bedeuteten für Zschiedrich-Berta Licht im Wrasendunst täglicher Schufterei.
Auch die eigene Tochter wurde im Moment ihres Arbeitsbeginns vom Prügelkind zum Streichelmädchen erhoben.

Diese Lust, zu säubern. Dreck herauszuspülen. Zu entgrauen. Reinweiße Wäsche. Deutscher Schrankgeruch: Treueduft des Lebens.

Schmutzigsein begann für Berta Zschiedrich, wenn die Mädchen nur noch selten mit ihren Müttern in der Waschanstalt erschienen. Wenn sie sich zu Weibsn entwickelten und mit Bändern und Borten schmückten, schön, viel schöner, als Berta je gewesen war. Denn als Wäschereibesitzerin zeigte sie die finsteren Züge einer Herrscherin. Sie wollte diese Züge nicht an sich entdecken. Sah sie aber in den Spiegel, sprangen sie ihr entgegen: der ungeduldige Blick, die Verachtung, die sie für die Dorfleute, vor allem für die Spinnhäusler empfand, der Haß, den die schwere Arbeit mit sich brachte.
Arschbirscht Zschiedrichen.
Sie wollte keine sein.
Wollte ihre Strenge ausbügeln, den Haß wegschrubben, die Angst bleichen.

Die Töchterchen der Kundinnen aber hingen Berta am Rock. Zu ihnen war sie so gut, daß sie mitunter selbst von sich gerührt war und wünschte, ein Kind sein zu können. Solange die Mädchen klein waren, mußten sie sich vor Berta Zschiedrich nicht fürchten.

Lotte war stark.
Wo andere Kinder mühsam Wasser schleppen mußten, die jüngsten mit Stöckchen und Löffelchen im Spülbecken herumplantschten und nicht mehr vermochten, als ein paar Taschentücher auszuwringen, war Lotte bereits auf größere Teile fixiert. Sechsjährig führte sie ihrer Mutter vor, wie man eine Bleichsodalösung ansetzt, Laken Dekken Tücher Hemden Schürzen Schlüpfer über Nacht darin einweicht, um am nächsten Morgen mit der großen Waschaktion zu beginnen.
Berta küßte Lotte auf die Stirn – tagsüber.
Auf dem Heimweg dann zog sie Lotte grob durch die Finsternis.
Zschiedrich-Mutter konnte nicht anders.

Lotte stand immer bereit.
Gemeinsam mit den Arbeiterinnen machte sie sich ans Werk. Wäsche wurde sortiert in Feines und Grobes. Lotte bekam ein paar Hemden zugeteilt, ein Waschbrett, ein Stück Kernseife. Sie stellte das Brett in die Wanne, klatschte das Hemd auf das gewellte Zink, tauchte die Seife ins Wasser, rubbelte damit den Stoff, knautschte ihn zusammen, rollte, indem sie ihn gegen das Brett drückte, hoch und runter, tauchte das Hemd in die laue Lake, holte es hoch, noch einmal Seife. Eine weiche Wurzel für den Kragenschmutz – fertig zum ersten Spülgang!

Spülgänge.
Zweimal warm, dreimal kalt.
Vom Trüben ins Klare.
Dann Stärke Bügeln Trockenboden Klammern Leine.
Hemd abnehmen, die Starre herauswalken, ab in die Dampfstube zu den Büglerinnen.
Mutterküsse.
Lotte stolzierte durch den Wrasen wie die Königin der Reinheit.

Es kam die Zeit, da mußte Lotte morgens in die Schule und konnte erst am Nachmittag Mutters Waschanstalt besuchen.
Zschiedrich-Berta wollte die Zeit anhalten.
Lotte sollte etwas Besonderes bleiben.
Klein. Sauber.
Berta wollte sie ewig lieben.
Nur nach Arbeitsschluß rutschte ihr regelmäßig die Hand aus. Denn dann spürte sie, wie die Zeit verging, an ihrer Tochter. Wie das Leben, ihres, langsam zerschliß. Dünn und gilb wurde.

Mit den Jahren drang die Feuchtigkeit des Kellers durch das Felssteinfundament des Spinnhauses.
Salpeter setzte sich fest und bereifte die Steine.

Eines Tages betrat hoher Besuch Frau Berta Zschiedrichs Waschanstalt: Karl Louis Krauss, der in Neuwelt geborene Erfinder der Ganzmetallwaschmaschine. Zwischen Schwarzenberg und Chemnitz besaß er mehrere Fabriken und hatte mit seinen genialen Konstruktionen für Erzgebirgsruhm gesorgt.

Berta hatte sich und Lotte für den Tag herausgeputzt und den Wäscherinnen eingeprügelt, gutes Benehmen, Fleiß und Zufriedenheit an den Tag zu legen.

Für Lotte hatte sie etwas Besonderes auserkoren.
Sie war es, die an ihrer Seite den berühmten Mann durch die Waschwelt führen durfte, die mit eifriger Mädchenstimme erklärte, was man hier lernen konnte: vom Sortieren bis zum Klarspülen, vom Arbeiten an der Wringmaschine bis zum Leineziehen, vom Ausbreiten der Wäsche auf dem Trockenboden bis zur Rasenbleiche – all das zeigte Lotte dem Ingenieur, als hätte sie es selbst erfunden.

Ihre Mutter war stolz.
Karl Louis Krauss, der, wie es landesweit hieß, sich in die Herzen der deutschen Hausfrauen als »Wasch- und Badeklempner« eingeschrieben hatte, strich Lotte anerkennend über das Haar.

Lotte bekam das erste Mal in der Waschanstalt eine Ohrfeige.
Von Nobis-Susanne, einer der angestellten Wäscherinnen. Als die alte Zschiedrichen kurz außer Haus war.
Mit dem Ruf: Arschkriecherin! Besserwisserin! pfatschte Susanne dem Mädchen ein klitschnasses Handtuch um die Ohren. Es folgte ein Stoß mit dem Stampfer. Die Bügler- und Plätterinnen gaben Lotte Extraunterricht im Bedienen der Plissiermaschine, indem sie ihren linken kleinen Finger auf das heiße Eisen legten und den Deckel zudrückten.

Der Fluch brachte den Schmutz.
Lotte sagte alles ihrer Mutter.

Berta Zschiedrich entließ das Personal, stellte neues ein, entließ wieder, weil sich nichts ändern wollte.
Lotte aber kam, obwohl sie seit Kraussens Besuch von den Waschweibsn weiter gequält wurde, regelmäßig in Mutters Betrieb.
Auch auf dem Heimweg erfuhr sie von Mutter Backpfeifen und Kopfnüsse.
Es hatte Tradition.

Den Heiligen Abend 1913 verbrachte Lotte eingesperrt im dampfdurchzogenen Kesselraum.
Die Weibsn hatten sie direkt vom Gottesdienst aus entführt. Mutter Zschiedrich hatte erst zu Haus bemerkt, daß Lotte fehlte. Mit dem Gendarm suchte sie bis zur Dunkelheit die Gegend durch und wollte sich ins Eiswasser des Griesebachs werfen, als die Suche ohne Erfolg blieb.
Aber das Gottvertrauen siegte.
Ausgefroren vor Angst wartete Berta zu Hause auf die Wiederkunft ihrer Tochter.
Nie wieder, schwor sie, würde sie ihr ein Haar krümmen.

Als Festschmaus hatten die Waschweibsn dem Mädchen eine Schale Seifennadeln hingestellt. Am ersten Feiertag erschien Nobis-Susanne in Form eines schwarzen Engels, packte und knebelte Lotte, tauchte sie in eine Wanne mit Stärkewasser und schleppte sie auf den verschneiten Wäscheplatz hinters Haus. Dort wurde Lotte an einen Pfahl gebunden, um auszufrieren.
»Der Frost zieht's raus.«
Nach dieser Tortur war Lotte tagelang noch weiß wie ein Laken.
Sie versprach sich, von nun an den Weibsn ohne Groll zu

begegnen. Weder petzte sie, noch übte sie Rache. Auch unter Mutters Ohrfeigen, die nach einigen Tagen in gewohnter Art wiederkehrten, übte sie Demut und Geduld. Da Lotte alle Angriffe schadlos überlebte, taufte sie Susanne in einer Mistpfütze.

Der Sommer 1914 trat mit einem Tanzbären auf.
Ganz Neuwelt war für die Kirmes geschmückt.
Der Bär tanzte auf dem Kirchplatz.
Aus sämtlichen Orten des Umkreises kamen die Männer: wanderten herbei in blauen Schürzen oder Knickerbokkern, mit Stöcken und Fahnen.
Musik in der Luft.
Trompeten und Schellenbaum. Trommeln und Pauken.
Die Männer kamen von Osten aus Elterlein, von Norden aus Zwönitz; der westlichste stammte aus Schneeberg und der südlichste vom Ochsenkopf.
Ein Spiel war angesagt.
Auf dem Kirchplatz legten sie ihre Schürzen und Knickerbocker ab. Bis auf die Unterwäsche zogen sie sich aus, unter dem Gekreisch der jungen Mädchen und dem Glotzen der maulaufreißenden Alten. Die Burschen tauschten ihre Kleider gegen feldgraue Uniformen.
Kistenweise waren Monturen auf den Kirchplatz gefahren worden: nagelneu, sauber, für jeden Mann passend.
Trommeln Pauken
Wechselspiel Fleischlebwohl

Die Männer trafen sich auf der Neuwelter Kirmes, als hätten sie sich zu einem letzten großen Familienfest verabredet.
Der Bär tanzte.

Der verrückte Meder-Andreas wollte dem Bärenhalter den Strick aus der Hand nehmen und über die Wiesen ziehen. Die Polizei führte den Irren ab, bevor ein Unglück geschehen konnte.

So ging es weiter.
Alle waren gekommen.
Milchmann Steinmetz Pfarrer Bergleute Metallarbeiter und Sägeburschen. Schnitzer und Klöpplerinnen, Lehrer und Fuhrmänner, Maulfaule und Sperrguschen.
Zschiedrich-Berta mit Tochter Lotte war gekommen. Nur kurz mal rumschauen, weil die Kirmes Berta unangenehmes Drücken im Hals bereitete: es war ihr nicht wohl auf dem blumengeschmückten Platz. Zu laut, zu treibend alles, und diese Lieder, diese Maskerade, die die Männer veranstalteten. Aber hier befand sich alles, was Lotte gefiel. Der großgewordenen, schmutzanziehenden Lotte.
Berta trieb zur Eile. Eine Fahrt auf dem Kettenkarussell, ein bißchen Tschingteratata, Weiberschwatz – und dann nach Hause.

Lotte machte sich frei.
Die Musik riß sie mit. Der Antritt der neuen Zeit.
Zschiedrich-Mutter wollte nicht mithalten und drohte der Tochter mit Prügel.
Lotte aber schlug Mutter ins Gesicht.
Derart hilflos hatte sie Mutter noch nie gesehen, aber es war ihr, als müßte etwas Ungeheuerliches endlich geschehen.
Nobis-Susanne hatte die Szene beobachtet und Lotte zu sich und den anderen Weibsn herangewunken. Der Friedensschluß zwischen ihnen fand mit Kuchen, Kornblumen und Gesang statt:

Heil eich, ihr deitschen Brüder!
Grüß Gott vieltausend mol!
Auf, auf, singt deitsche Lieder,
Doß rauscht von Barg ze Tol!

Lotte drückte die Blumen an ihre Brust und biß in den Kuchen. Prasselgebäck, dick mit Zucker überzogen, hart wie eine Schieferplatte.

Denn 's gilt ja unner Haamit
In alter deitscher Trei!

Auf diese Art kam Lotte zu einer Maulsperre.
Beim Abbeißen renkte sich der Unterkiefer aus. Sie vermochte ihren Hals nicht mehr zu bewegen, und der Blick wurde blöd.

Ein junger kleiner braunäugiger Mann rettete Lotte aus dem Lachsturm der Weibsn.
Caspar Schlesinger aus Waschleithe. Der Bergmann in frischem mottenpulverdurchdrängtem Feldgrau, das er, wie die anderen Burschen, spaßeshalber angezogen hatte, stellte sich vor Lotte und befreite sie von ihrem Leiden. Indem er einfach seinen Mund auf das Schiefmaul drückte und mit sanftem Griff Lottes Hals wieder einrenkte.

Pauken und Trompeten.
Der kleine Schlesinger schwenkte Zschiedrich-Lotte über den Kirchplatz. Sie war hochgewachsen und stark und in diesem Moment für alles zu gewinnen, was die Zukunft für sie bereithalten würde.
Ihre Mutter hatte sie vergessen.

Drei Tage nach der Kirmes starb Berta Zschiedrich. Fünfundfünfzigjährig. In ihrer Waschanstalt. An einem Stromschlag, der von einer defekten Waschmaschine herrührte.
Lotte übernahm halbtags den Betrieb, obwohl sie noch nicht das Alter dazu hatte.
Sie führte ihn vorbildlich.

Von nun an beschritt Lotte einen neuen Weg in ihrem Leben. Jeden Nachmittag. In Form eines Zweistundenmarsches durch den Wald. Es ging von Neuwelt zum Bergwerk Herkules-Frisch-Glück, in dem Caspar Schlesinger, ihr Verlobter, unter Tage arbeitete.
Suppe brachte Lotte, Brot Erdäpfel Kraut. Auch Pilze servierte sie ihrem Bergmann, der zur Vesperzeit aus der Tiefe gekrochen kam, dunkel im Gesicht, nach Stein und Asche roch, zerschürft vom Schürfen nach Erz, vom Hauen des Steins, und an ihm glänzte, was der Berg zu bieten hatte: Silber, Zinn und Eisen; Kupfer, Blei und Zink. Auch Kobalt, Wolfram und Uran strahlten an ihm, und *Unner alten deitschen Haamit gilt der letzte Troppen Blut!* sang er lachend, nachdem er die Suppe gelöffelt hatte.

Im September 1914 bekam Caspar Schlesinger den Einberufungsbefehl.

Am Sonntag, am Tag vor seinem Abzug, lockte er Lotte mit dem Wunsch: er würde gern, bevor er dem Vaterland diene, ihren Stolln erkunden. Lotte traf sich mit ihm am Hammergut, das hinterm Schwarzwasser gelegen war. Ihr Kopf war von der Nachricht der Einberufung taub und schwer, ein Stein, der alles in ihr verhärtet hatte. Aber Caspar, der junge Häuer, wollte ihn an seinem letzten Tag aufbrechen.

Er legte Lotte ins hohe herbstblühende Gras und nahm sich ihrer an. Tröstend. Bergmännisch.

Zunächst erkundete er ihr Mundloch, trieb sich dann wie mit Schlägel und Eisen ins tiefe Gesenk, tat den Gang auf und suchte in Lotte einen Punkt, an dem er eine neue Fundgrube vermutete. Schon nahm er in erster Schicht eine Probe von jener Stelle, die Lotte bisher fremd war, die ihm lediglich angehörte, die Mutter als Schmutzstück bezeichnet hatte, über die niemand sprach, die manch abergläubige Neuwelterin aber bei näherer Entdeckung derselben schwarze Hasen und Hühner sehen ließ.

Caspar schürfte mit vorsichtigen, zugleich festen Bewegungen, wie er es beim Entblößen des Gesteins unter Tage tat, in der zweiten Schicht sacht an Lottes Innenschenkeln entlang. Sie gab sich dem erdigen Duft hin, indem sie sich senkte und all ihre Schächte und Teufen offenlegte.

Neun Monate später erreichte Schlesinger, Soldat der 9. Armee, stationiert vor Krakau, die Nachricht von der Geburt einer Tochter namens Gundel.

Drei Wochen darauf bekam Lotte per Post ein Päckchen verdreckter blutiger Wäsche.

Gruß aus Iwangorod ins schöne Erzgebirge.

Lotte weichte die Stücke erst in kaltem Wasser ein, legte sie dann über Nacht in eine Salzlauge, schrubbte sie auf dem Waschbrett vor, übergab sie der Waschmaschine und legte sie schließlich zum Bleichen hinters Spinnhaus in die Sonne.

Das tat sie jede Woche aufs neue.

Sie stillte Gundel bis zum ersten Lebensjahr.
Weichte Blut aus der Soldatenwäsche, wusch, bleichte.
Sie lächelte, wenn die Waschweibsn sagten, es hätte keinen Sinn, sie müsse endlich begreifen.
Krieg ist Krieg.
Lotte stillte Gundel bis zum zweiten Lebensjahr.
Blut Bleichgang.
Warm warm kalt kalt kalt.

Deitsch und frei wolln mer sei
Un do bleibn mer aah derbei
Weil mer Arzgebirger sei!

Lotte stillte Gundel, bis der Krieg zu Ende war.
Dann hörten die Lieder auf.
Dann brüllte Lotte, Tag um Tag um Tag um Tag
Bis Gundel, die mit drei Jahren schon in der Waschanstalt mithalf, einmal auf den großen Legetisch kletterte und ihrer Mutter eine Ohrfeige gab.

Hexenbutter

Zschiedrich-Gundel war mit schwarzen Augen zur Welt gekommen. Kaum, daß man die Pupille von der Netzhaut unterscheiden konnte, so tiefdunkel zeigten sie Verwandtschaft mit Caspar Schlesinger an.
Am Tag, als die Dreijährige ihrer Mutter eine Ohrfeige versetzt hatte, spülten Tränen etwas von dem Schwarz aus Gundels Augen heraus: sie hatte vor Schrecken über ihre Tat losgeheult, weinte weinte weinte, bis die Netzhaut grau und die Pupillen trüb geworden waren.
Mutter Lotte hatte die Ohrfeige als leichten Patsch empfangen, aber danach stand sie starr, blicklos, und ließ die Waschmaschinen drei Stunden lang im Leerlauf rumpeln. An diesem Tag begriff sie, daß Caspar Schlesinger nie wiederkommen würde.

An diesem Tag geschah es auch, daß Gundel davonlief.
Aus Scham Angst Hunger.
Im tapsigen Rennschritt kleiner Kinder. Sie huschte aus dem Waschkeller, zog sich die Stufen nach oben, ins Freie, überquerte die Straße, ließ das Spinnhaus hinter sich, rannte den mit Lärchenzapfen übersäten Waldboden entlang, stolperte über Wurzeln, weiter weinen weiter weinen, bis Gundel ganz außer Puste war und neben einen umgestürzten Baumstamm fiel.

Sie würde kein Waschkind werden.

Ganz Neuwelt war alarmiert, daß mit der kleinen Zschiedrichen etwas nicht stimme. Obwohl das Mädel nicht direkt im Spinnhaus wohne, sondern ihre Mutter dort die Waschanstalt leite und sie nur mitnähme, wie andere Mütter auch ihre Töchter mitnähmen.
»Mir müssn en Aach hal'n auf dos Madel, dern Vater is in Kriech gebliebn, und dern Mutter is narrisch geworden«, flüsterten die Dorfweibsn.

Förster Heinsch fand Gundel im Wald, wie sie gerade einen gelben Klumpen am Baumstamm berührte. Sie stach mit dem Finger in das schleimige Gebilde hinein und leckte ihn auf Kleinkinderart ab. Die Schliere schmeckte bitter, aber Gundels graue Augen klärten sich, als sie abermals von dem Zeug kostete.
»Pfui Deibel, dos Giftzeuch! 's is Hexenbutter!« rief der Förster.
Er hob das Mädchen auf und wollte es aus dem Wald tragen, zu seiner Mutter, aber Gundel war wie festgewachsen. Sie ließ sich nicht losreißen. Noch einmal aß sie von dem gelben Gewächs, das, an der Grenze zwischen Tier und Pflanze, ihr Kraft gab.

Fulcio septica. Die Zwischennatur.
Gundel bestimmte dreijährig selbst, was gut für sie war.

Förster Heinsch mußte das Mädchen aus dem Wald heraussägen und Mutter Lotte giftklebrig übergeben.
Sie küßte das Kind, herzte und lachte mit ihm, denn nie wieder würde sie losheulen, nie wieder von der Tochter geschlagen werden wollen.

Es galt, was das Kind wollte und tat.
Seitdem war Gundel Zschiedrich Herrin der Pilze.

Aus allen Pilzen, die das Gebirge zu bieten hatte, erstellte Gundel eine eigene Welt. Sie lebte in ihr. Während andere Kinder ihres Alters mit Holzmänneln spielten, spielte Gundel mit Pilzen.
Zu jeder Jahreszeit fand sie welche. Im Winter grub sie unter dem Schnee Fichtenzapfen hervor. An ihnen entdeckte sie braune, schüsselförmige Körperchen, die sie zärtlich berührte. Oder sie fand an entrindeten Baumstämmen winzige grüne Pokale. Schwarze Klumpen hafteten an mumifizierten Eicheln, oder, unterm Laub, gallertig-wäßrige Kegel – Becherlinge und Drüslinge, die sich ihr in der Kälte boten und zu wundersamen Gestalten verwuchsen. In Gedanken waren sie Gundels Gefährten. Keine Pflanzen, sondern Ausdünstungen des Waldes, mit denen sie geheime Kontakte schloß.
Nach der Schneeschmelze versammelte sich im Wald ein neues Ensemble von Pilzen. Wo kein Mensch etwas suchte, fand Gundel Zschiedrich. Der März bot unterm Laub überwinterte zähe filzige Porlinge, den schmutzigweißen Trichterling und den samtfüßigen Winterrübling.
Der Herrscher des Maies war der gefährliche Rißpilz.
Im Sommer und Herbst Steinpilze Maronen Röhrlinge.
Und Blätterpilze, deren Vielgestalt Gundel entzückte: die Farben der Hüte Lamellen Häute, mal schuppig, mal glatt, mal schleimig, die knolligen oder samtfüßigen Stiele, rauhköpfige, spitzbucklige Wesen, die scharfe oder milde Milch absonderten, nach Mehl Maggi Karbol rochen, die von winziger Schwindlingsgröße bis zur wagenradgroßen Wollschiebermacht reichten, Gürtel- und Klumpfüße, Schwe-

fel- und Wasserköpfe, Tintlinge Fälblinge Reizker und Hallimasch.
Gundel kostete von allem.

Gegen jede Weissagung blühte das Kind auf.
Anders als seine Mutter, die, trotz größter Anstrengung, immer öfter einer schweigsamen Melancholie verfiel. Lotte hatte ein Photo vom feldgrauen Schlesinger auf die Wohnzimmervitrine gestellt. Oft stand sie davor, stierte das Bild an, als wolle sie den Mann lebendig hinterm Glas hervorziehen, während Gundel im Wald herumstromerte, gewappnet gegen jegliches Gift.

Eines Tages schenkte Gundel ihrer Mutter, was ihr das liebste war. Alle Sorten Pilze, die sie gesammelt hatte, legte Gundel um Schlesingers Photo herum, die Stiele zum Bild gerichtet, Hüte nach außen. Sie erhob Caspar Schlesinger zum Obersten der Pilze. Er thronte in Uniform im Mittelpunkt der eigens für ihn herangeschafften Armee. Gundel gab vor, welche Aufgabe ein jeder zu erfüllen hatte. Siebenjährig kommandierte sie für ihn:

Ein Stoßtrupp giftiger gesäumter Häublinge hatte in vorderster Front zu marschieren. In der Mitte folgte eine Schar brandiger Ritterlinge, flankiert von Ledertäublingen und grünrußigen Mordschwämmen. Die hinterste Front bildeten die Schwächsten, bestehend aus goldgelben Zitterlingen, Milchlingen und tränigen Saumpilzen. Gundel ließ das Gemetzel beginnen.
Sie hatte Vater im Blick.
Gruß aus Iwangorod ins schöne Erzgebirge.
Kämpfe für mich, Kleine, schien er zu sagen.

Gundel spielte Krieg für die Gerechtigkeit.
Sie spielte, damit ihre Mutter glücklich wurde.
Das Mädchen ließ die Pilze gegeneinander antreten. Sie zerdrückten oder vergifteten sich, wie es ihre Art war. Und, wie in der Natur, siegten die stärksten und gemeinsten unter ihnen: Wollschwamm und Hallimasch, kahler Krempling und Riesenporling. Als Opfer legte Gundel den blutenden Hautkopf und die armen dünnfleischigen Stummelfüßchen dem Feldherrn zu Füßen.
Schlesinger dankte seiner Tochter das Spiel, indem er sie täglich lebendiger anzublicken schien, so als könne Gundel bald ihrer Mutter kundgeben: Er ist wieder da.

Lotte, kam sie aus der Waschanstalt nach Hause, war zunächst froh, daß sie Gundel wohlbehalten in der Stube fand. Sie umarmte die Tochter, weinte vor Erleichterung und Mitleid mit deren krankem Gemüt.
Ohne Schelte entfernte Lotte das zermatschte Pilzfleisch von der Vitrine und schickte ein Gebet zu Gott, er möge ihrem Mann nichts von dem, was hier geschah, mitteilen.

Eines Tages, als die Pilzkriege in der guten Stube immer heftiger wurden und die Schulleitung Lotte unterrichtete, daß ihre Tochter außer im Fach Naturkunde kaum genügend Wissen an den Tag lege, sperrte Lotte Schlesingers Photo in den Schrank.

Gundels gefährlichste Armee wurde Sieger: unter Führung von Amanita phalloides setzte sie sich an einem Herbsttag des Jahres 1924 dem letzten Gefecht zur Wiedererwekkung ihres Vaters aus.
Sie selbst focht in vorderster Front.

Kein Arzt, kein Wurzelweib konnte Zschiedrich-Gundel zurückholen.
Die Lehrer warnten ihre Schüler vor dem Verzehr des grünen Knollenblätterpilzes.
Mutter Lotte aber merkte sich das Rezept.

Nach Gundels Beerdigung, von aller Liebe verlassen, bereitete sie eine Pfanne grünköpfiger Pilze, wie es üblich war: geschmort, mit Butter Kümmel Zwiebel Majoran. Sie lud sich das Gericht auf den Teller. Es roch wie ein Traum. Aber Lotte aß nicht. Konnte nichts herunterbekommen. Sie stellte den Teller in die Speisekammer, wärmte die Pilze am nächsten Tag wieder auf, aß wiederum nicht, wärmte auf, so ging es Tag um Tag, bis Lotte den Teller samt Giftbrei in die Küchenecke krachte, den Müll zusammenkehrte und zur Arbeit ging.

Fragte man die Chefin der Waschanstalt, was die letzten Tage mit ihr losgewesen sei, so sagte sie: »Fehlalarm!«

1933 mußte die Bügelstube im Keller des Spinnhauses zeitweilig geschlossen werden, weil Wasser durch den Boden drang und die Sicherheit der Büglerinnen gefährdete.

Aber das war noch lange nicht das Ende.

Blutbild

Neuwelt besaß bis zum Jahr 1993 einen berühmten Arzt.

Dr. Latermanns Bekanntheit gründete sich weniger auf den Ruhm besonderer Erfolge als auf die Handhabung einer speziellen Diagnostik: er fand alles, woran der Mensch litt, aber auch, was den Menschen ausmachte, wie er im Wesen beschaffen und ob er tauglich war, bestimmten Pflichten nachzukommen, über das Blutbild heraus.

Nicht daß Dr. Latermann studierter Hämatologe gewesen wäre. Er wirkte, nachdem er 1942 im Kriegslazarett an der Küste Nordafrikas seinen praktischen Medizinereinstand gegeben hatte, viele Jahre lang als Land- und Schularzt, schaffte es aber, 1970 als Allgemeinmediziner in der Poliklinik Schwarzenberg angestellt zu werden.

Blut war sein ein und alles.
Er liebte es.
Als Latermann 1939 in Leipzig studierte, hatte er im Rahmen eines Forschungsprojektes eigenhändig einem Mann ins Ohr stechen und den heraustretenden Blutstropfen auf den Objektträger drücken dürfen. Schon beim Auflegen des Glasplättchens, das das Blut dünnschichtig verlaufen ließ, mußte der Student vor Lust schlucken. In Strömen lief ihm der Speichel zusammen, als sich das Blut unter dem elektronischen Mikroskop in seinen Bestandteilen eröffnete:

die roten und weißen Blutkörperchen
reif und unreif
Granulozyten Lymphozyten Monozyten
rund und stabkernig, zartrosa grauviolett
zitternde tanzende Zellen, die Auskunft gaben über den Zustand des Mannes
das große und das kleine Blutbild

Der Student Latermann saß vor dem Mikroskop und zählte die Bestandteile des Blutes aus. Machte Ausstriche und Senkungen, bestimmte Blutgruppen, maß Zucker und Säure. Blutbilder gewährten ihm absolute Einsicht in das Leben.
Latermann schluckte, nahm dem Nächsten Blut aus dem Ohrläppchen, Frauen, Kindern, allen, die im Labor der Universität erscheinen mußten, aus Gründen, die mit der Zukunft des Landes zu tun hatten, so sagten die Professoren, aber der Student interessierte sich nur für Form Größe Farbe der Blutkörperchen. Er zählte wie besessen, denn jedes Blutbild war anders, wunderbarer, furchteinflößender.

Dr. Latermann erkannte alle Krankheiten aus dem Blut.
Er bedurfte kaum anderer Methoden, um zu einer Diagnose zu gelangen.
Blut war sein Beweis.
»Wir machen ein Blutbild«, sagte er zu jedem, der seine Praxis betrat.
In seiner Erkenntnis lag Dr. Latermann immer richtig.

Nach dem Krieg wurde der Arzt berühmt.
Er besaß ein eigenes kleines transportables Labor. Etwas, das es nirgendwo im Lande gab. Mit einem klapprigen F9,

in dem er die Gerätschaften verstauen konnte, zog er durch die Gegend zwischen Lauter, Neuwelt und Schwarzenberg. Er bot den Menschen ein paar Mark, wenn sie sich von ihm stechen lassen würden. Für eine gute Sache, sagte er, zur Vorbeugung schlimmer Krankheiten.
Latermann unternahm seine Fahrten aus Lust an der Sache. Wie andere Pflanzen und Pilze sammelten, so sammelte er Blutwerte.
Bald ging das Gerücht, der Doktor sei international berühmt geworden. Durch das Blut der Leute zwischen Lauter, Neuwelt und Schwarzenberg.
Die Erzgebirgler, sonst eher mißtrauischer Natur, ließen sich bereitwillig stechen und verehrten den Doktor.

Was jedoch der alte Kurzwarenhändler Lewin behauptete, Latermann sei schuld daran, daß seine Familie aus dem Spinnhaus direkt in die Gasöfen von Auschwitz geschickt wurde, hielt jeder für gelogen. Man wußte, daß Lewin alle Leute haßte, ja bis zur Mordlust verachtete, die ihr Leben freudvoller lebten als er.
Lewin, der bleede Kreitrich.
Lewin, der Kotzbrockn.
Lewin, der niemanden mehr hatte als sich selbst.

Eines Tages wurde Dr. Latermann von einem anderen Landarzt vertreten.
Die russischen Besatzungsoffiziere beanspruchten den Blutkenner für sich. Sie hatten gehört, daß Latermanns Diagnostik nicht nur weit über organische Befunde hinausging, sondern auch psychische Krankheiten, kriminelle Energien wie Kleptomanie, notorische Lügnerei und sonstige Persönlichkeitseigenschaften erkennen konnte.

Keiner wußte etwas darüber, warum einige Neuwelter plötzlich verschwunden oder von ihren Posten entlassen waren. Man munkelte von Entführungen und verdächtigte die Krähen, die auf dem Spinnhausdach nisteten. Diejenigen, die etwas ahnten oder selbst unter Verdacht standen, schwiegen um ihr Leben.
Auch Dr. Latermann, der drei Jahre im Dienste der Russen stand, wollte von nichts Genauem wissen.
Er tat seine Pflicht, und er tat sie gut.
Er sagte alles, was sich aus dem Blutbild der Leute ersehen ließ.
Alles, was die Offiziere hören wollten.

Wann genau ihn die Wissenschaft verlassen hatte, wußte er nicht zu bestimmen. Der Arzt spürte nur, daß etwas in ihm aus der Ordnung geriet.
Er hatte Macht.
Man glaubte ihm. Ohne jede Bedingung. Er sah Blut und nichts als buntes Gewimmel von Punkten und Stäbchen. Ein Kaleidoskop schönsten Wahnsinns.
Es bereitete dem Doktor unbändige Lust, aus diesen Bildern zu lesen. Was immer ihm einfiel. Er hatte sich auf die Diagnose der »Persönlichkeitsstruktur« spezialisiert und referierte im Fachwelsch eines Mediziners, was dem Auftraggeber angenehm war.

Dr. Latermann besaß einen guten Ruf.
Aber es gab auch Leute, die fürchteten ihn und waren eher bereit, die Gegend zu verlassen, bevor sie sich von diesem Mann untersuchen ließen.
Dr. Latermann wurde zum amtierenden Schularzt berufen.

Blutbilder der Schüler.
Blutbilder der Lehrer und Horterzieher.
Aber es gab auch Lehrer, die begegneten dem Doktor mit schweigsamer Verbissenheit, und Schüler, die wollten sich einfach nicht stechen lassen.
Dr. Latermann schrieb das in seinen Befund.
Eltern schrieben Eingaben an das Bezirksamt des Gesundheitswesens und forderten den Rücktritt des Schularztes.
Eine Untersuchungskommission bearbeitete die Fälle.
Es kam niemandem etwas Genaues zu Ohren.
Dr. Latermann wurde strafversetzt. Er arbeitete fortan als Allgemeinmediziner in der Poliklinik Schwarzenberg. Die Erlaubnis, Blutbilder im eigenen Labor zu diagnostizieren, behielt er.
Er besaß einen guten Ruf.

Nur manchmal, wenn sich der Doktor allein in seiner Wohnung befand, wenn er frei hatte, wurde ihm die Brust eng.
Da stand er kurz davor, aufzuwachen und zu begreifen, daß er sich nicht mehr begreifen konnte, in dem was er tat, was er die Jahre über im Dienst der Medizin verfaßt hatte.
Dieser Unsinn.
Dieser aus wahren Erkenntnissen gewachsene Unsinn.

Dr. Latermann zerstörte sein Labor erst, nachdem er schon die dritte Woche in Rente war.
Er warf das elektronische Mikroskop in den Müll, hinterher die Kästen mit den Objektträgern Lanzetten Tupfern.
Dann streute er heiße Asche aus dem Ofen darüber.
Latermann ging zurück in seine Wohnung und sah sich im Spiegel an. Blaß war er und fühlte sich fiebrig. Er strich mit

der Zunge über das schmerzende Zahnfleisch. Auch begann er aus der Nase zu bluten.
Zehnfach erhöhte Leukos, weißes Blut

»Lüge«, sagte Dr. Latermann leise zum Spiegel, »du lügst!«

Die Sirene

Achtundachtzigjährig wurde Uhlig-Marie aus dem Spinnhaus ins Schwarzenberger Pflegeheim umgebettet.

Man kann sie noch heute auf dem Stuhl sitzen sehen, auf einem Holzgestell. Unter der Sitzfläche eine Schüssel. Das ist der einzige Platz, an dem sie sich aufhält. Kein Pfleger hat es je geschafft, sie in ein Bett zu legen oder zum Gehen zu bewegen. Auch einen Rollstuhl lehnt sie ab.
Uhlig-Marie sitzt Tag um Tag, Jahr um Jahr auf ihrer hochbeinigen Schüssel, krallt sich an den Armstützen fest, wenn das Personal sie wenigstens für die Minuten, da die Schüsseln ausgeleert werden, von ihrem Platz stemmen muß.

Marie von der stummen Uhlig-Sippe.
Die Stummste von allen.
Trulla-Nichte.

Sie sitzt auf dem Stuhl und schweigt.
Sie schweigt so konsequent, daß das Personal von einer Tortur spricht.
Einmal, als das Schweigen gar zu arg und scharf wie eine Rasierklinge wird, faßt eine Lehrschwester den Entschluß, diesen Zustand zu durchbrechen. Morgens beim Waschen packt sie einen von Maries grauen Zöpfe, den sie, seit sie zwei Jahre alt war, geflochten trägt, nimmt die Schere und schneidet ihn ab.

Marie läßt Sirenentöne aus dem Mund fahren, die Augen sind aufgerissen, daß man meint, sie werde endlich auf einer Rakete ins Jenseits starten und alle im Leben aufgesparten Töne würden in diesem einen Schrei auf einmal aus ihr heraustreten.

Seitdem sitzt Marie mit einem Zopf auf ihrem Gestell.

1915 wurde sie im Spinnhaus auf Uhlig-Mutters Küchentisch geboren.
Mit grauen Haaren.
Heinz, einziger Uhlig-Bub, hatte sich mit einer ebenfalls sehr schweigsamen Frau, Waltraut, Tochter des Försters, vermählt. Nachdem Heinz aus dem Krieg heimgekehrt war, zeugte er Marie. Kurz darauf starb er an einer körperzehrenden Schwäche. Waltraut blieb im Spinnhaus, gebar und fügte sich in die seelenschwere Stille der Familie ein.

Marie war immer irgendwo bei irgendwem untergestellt. Mal im Waschkeller, mal in der Plättstube, mal beim Förster-Opa. Mitunter wurde sie auf Waltrauts Rücken geschnallt und zum Holzsammeln in den Wald mitgenommen.
Mitunter hielt sich Waltraut an Orten auf, wo sie kein Kind bei sich haben wollte.
Im Winter 1917 war Marie allein im Spinnhausflur gefunden worden: halb erfroren, im Sommer 1918 in der Dachkammer, halb erstickt.

Über das graue Haar des Kindes sagte man, der Teufel hätte ihm die Farbe herausgezogen.
Marie sprach die ersten sieben Lebensjahre kein Wort.

Tückschte. Schmiegte sich nur manchmal wie in einem Anfall großer Angst an ihre Mutter, ließ sie dann gar nicht mehr los, bis Waltraut das stille Mädchen in den Schlaf streichelte.
Dann war es so wie immer.

Als Marie in die Schule kam, gab sie nur wenige verstümmelte Sätze von sich. Sie verhielt sich so unauffällig, wie es ging.
Die Mitschülerinnen spotteten über Maries Grauhaar, das sie selbst beharrlich als blond bezeichnete. Zum zwölften Geburtstag schenkte ihr Mutter zwei rote Samtbänder für die Zöpfe. Als Tage später ein Schwesterchen zur Welt kam, zogen Verzweiflung und Eifersucht alles Rot aus Maries Schleifen und paßten sich dem Haar an.

Maries Leib war schlank und wohlgebaut.
Sie besaß eine Zapfennase und ein nach hinten fliehendes Kinn.
Augen von zartem Amethystblau.
Die Zähne groß, das Zahnfleisch sichtbar, wenn sie den Mund öffnete.
Das geschah Gottseidank selten.
Marie war duldsamer Natur.

Sie lebte dahin, reifte, verblühte in Hausarbeit und Kinderhilfe.
Der Ruf des Spinnhauses hing ihr an wie keinem anderen.
Kein Bursche schaute sich nach Marie um.
Einmal begegnete sie beim Blaubeersammeln einem Bären.
Noch lange nach dieser Begegnung klopfte ihr das Herz bis zum Hals.

Das Leben Maries zog sich glücklos zufrieden dahin. Sie verlangte nichts vom Leben und schwieg.

Bis Mutter sie schließlich 1938 nach Schwarzenberg auf eine Bräuteschule der SS schickte.
Dort saß Marie stumm zwischen jungen Frauen, die sich hausmütterlich schulen und in richtiger Weise auf die Ehe vorbereiten wollten.

»Die Welt der Frau ist der Mann, und an anderes denkt sie nur ab und zu. Sagt unser Führer.«

Man hätte Marie auch auf eine Kunstakademie oder ein Schützenpanzerseminar schicken können – sie nahm die Bräuteschule mit solcher Gleichgültigkeit, daß die Frauenschaftsführerin ernstliche Bedenken über den geistigen Zustand der Neuwelterin äußerte.
Aber auch wenn Marie kaum ein Wort sprach, die anderen Fräuleins samt deren völkischem Geschnatter ignorierte und der Führerin nur die nötigste Aufmerksamkeit erwies, vermochte sie dennoch die zehn Leitsätze für die Gattenwahl herunterzubeten.
Uhlig-Marie saß auf ihrem Platz im Stuhlkreis und repetierte ohne die geringste seelische Bewegung:

»Denk dra, daß du e Deitscher bist!
Hal' dein Geist und deine Seele rein!
Du sollst dich ne dracksch machen!
Du mechst, wennde erbgesund bist, a Maa namme!
Heirat nar dann, demde a lieb host!
Namm der als Deitscher na en Maa, dar sitz Blut hood wie ich!

Freech, wu ar harkimmt und wos seine Leit sinn!
Wennde gesund bist, biste a schie!
Such dr zun Heiraten enn, dar's ernst meent!
Du mechst viele Kinner hoom!«

So viel hatte Marie noch nie hintereinander gesprochen.
Noch nie hatten die Mädchen der Bräuteschule so gelacht.
Die Frauenschaftsführerin nahm Marie beiseite, packte sie am Zopf und fragte ihr ins Gewissen, ob sie ihre Bestimmung als deutsche Frau und künftige Gattin wirklich ernst meine.
Marie blickte sie mit schneidendem Blick an und sagte:
»Es muß a noch ewos annersch gahm.«

Uhlig-Marie arbeitete zeitweise in der Sägemühle, öfter am Spinnrad, manchmal im Ziegenstall vom Röder-Otto.
Die längste Zeit erfüllte sie Verpflichtungen im Haushalt der Mutter.
Flink wie ein Windhund, zäh wie Leder, hart

1943 besuchte eine Delegation der Deutschen Arbeitsfront das Spinnhaus und wollte Untersuchungen über seine Bewohner anstellen. Sie fanden niemanden zu Hause. Sie fanden nur Marie.
Die stand gerade am Küchenfenster und starrte hinaus in den Wald.
Als die Besucher *Heilhitler!* in die Küche traten, wandte sich Marie nicht um.
Versteifte den Rücken.
Einen Felsen sprachen die Männer an.
Wie man denn hier lebte, fragte einer. Was denn sie, Marie

Uhlig, für das Vaterland tue. Ob es denn Männer im Haus gäbe.
Marie drehte sich herum.
Die Augen starr auf die Besucher gerichtet.
»Die is fei narrisch«, sagte ein Junger, der auf den Namen Bauersachs hörte.
Ein anderer forderte Marie auf, Arbeitsbuch und Ahnenpaß zu zeigen. Man habe gehört, Pflichterfüllung für die Allgemeinheit sei im Spinnhaus ein Fremdwort, und man wolle dem abhelfen.
»Dos ka ich allee«, sagte Marie.
Das war ihr erster und letzter Satz an diesem Tag.
Nur den jungen Bauersachs, der sehr blondes Haar und sehr helle Augen besaß, blickte Marie noch einmal an. Mit dem wärmsten Blick, der ihr gegeben war.
Die Besucher verließen *Heilhitler!* das Haus. Im Flur hatten sie mehrere Kisten abgestellt.

»Es ist herrlich, in einer Zeit zu leben, die ihren Menschen große Aufgaben stellt. Sagt unser Führer.«

Der hölzerne Küchentisch war Maries Schicksal, ihre Werkbank.
Lederstreifen Koppelschlösser Schrauben Nieten Stifte Kunstharzstäbe Blechembleme Klingen schwarze Lederscheiden.
Marie nahm eine Klinge, den geriffelten Schaft, schob sie in den vorgestanzten Löchern ineinander, klopfte mit dem Hammer nach, setzte zwei Schrauben in den Schaft, zog sie an und fixierte die Klinge. Mit den Fingerspitzen zwei winzige Nagelstifte fassen, das Blechschildchen mit Raute und Kreuz aufhämmern. Die Klinge mit einem Öltuch

abrubbeln, die eingravierten Buchstaben BLUT UND EHRE glänzend machen und die Lederscheide darüberstülpen.
Pro Tag schaffte Marie einhundert Messer.

Der Junge kam in der Uniform eines HJ-Führers.
Einmal pro Woche. Holte die Messer ab, zählte sie durch, führte Buch über Maries Arbeit.
Danach setzte er sich an den Küchentisch. Bauersachs besaß so blasse feine Hände, daß Marie Sorge hatte, der Junge würde sich an den scharfen Klingen verletzen. Auch schien er in ihren Augen zu mager, um gegen die Zeit gewappnet zu sein.
Marie sagte nichts.
Sie holte Erdäpfel aus der Speisekammer, schrubbte sie mit einer Bürste im Wasser sauber und begann sie zu reiben. Rieb und raffelte, bis Fingerblut den Brei würzte, dann tat Marie Eier Salz Kümmel hinein, mischte gut durch, ließ Leinöl in der Pfanne heiß werden und buk für Bauersachs Fratzen.
»Iß ner, mei Gung«, sagte sie und verstummte gleich darauf wieder, denn der Junge aß schlang schmatzte, daß es ein Vergnügen war und keiner weiteren Worte bedurfte. Nach dreiwöchentlichem Ritual verlangte Bauersachs Apfelmus zu den Klitschern. Marie öffnete für den Jungen das letzte Glas.
Er, der plötzlich in Eile war, löffelte alles aus. Nicht einmal die Mütze hatte er dabei abgenommen.

An einem Maitag 1944 blieb Uhlig-Marie auf den Messerkisten sitzen.
Kein Bauersachs erschien, um sie abzuholen.

Der Klitscherteig in der Schüssel wurde braun. Marie wartete bis zum Abend, dann brachte sie den Teig zu Nachbars Schweinen.

Tage später erschien ein fremder Mann von der Arbeitsfront und holte die restlichen Messer bei Marie ab. Marie wollte wissen, wo denn der Junge geblieben, sei doch erst siebzehn, er könne doch überhaupt nirgendwo anders leben als bei ihr an diesem Küchentisch, aber Marie war stumm geworden.
Absolut stumm.
Sie riß ihre Amethystaugen auf und starrte den Fremden an, als wolle sie ihn erstechen.
»Onnrer alten deitschen Haamit gilt der letzte Troppen Blut!«
Der Fremde, *Heilhitler!* nahm die Kisten und verließ das Spinnhaus.

Nachts hörte Marie den Wald.
Knarren Knacken Krachen. Sirenengeheul. Seltsame Lichter hinterm Danelchristelgut. Noch weiter hinten, wo der Lauknersknochenberg die Sanftheit des Mittelgebirges anzeigt, blitzte es schroff schwefelgelb.
Sperrgusche Tante Trulla wußte etwas. Auch von der Liste der Gefallenen, auf der Bauersachs stand, wußte sie.
Aber Marie wollte Trulla nicht anhören.
Sie hörte den Wald.

In der Zeit nach dem Krieg änderte sich kaum etwas für Marie.
In Heimarbeit besserte sie Wäsche aus, strickte häkelte nähte. Zeitweise half sie im Lager der Konsumverkaufs-

stelle. Die Schule benötigte sie als Reinigungskraft, Milchmann Stülpnagel manchmal als Aushilfe.
Marie tat alles zu aller Zufriedenheit. Ihr Stummsein nahmen die Leute hin, so wie sich Marie selbst hinnahm: fraglos, ausgeschlossen von Glück und Unglück.

Nachts, wenn sie den Wald hörte, der wieder in vertrautem Rauschen von Weltbeständigkeit kündete, träumte Marie dem jungen Bauersachs nach. Dann lächelte sie und wußte, daß sie alles vom Leben gehabt hatte.
Mehr als jedes Weib, das sie kannte.
Aber Uhlig-Maries Glück blieb geheim. Wie tiefgelagertes Erz, das nicht lohnte, zu Tage gefördert zu werden.

Erst als Marie wirklich alt wurde, der Leib sich krümmte und das Amethyst ihrer Augen verlosch; erst als nichts anderes mehr an Marie auffiel als der Nasenzapfen und die grauen geflochtenen, bis zur Hüfte reichenden Zöpfe, wurde manch Neuwelter unruhig.
Marie sagte ja nichts. Meldete keine Wünsche an. Muckte nicht auf. Ging nicht einmal Rente holen. Lebte genügsam in ihrer Stummheit. Man hatte sie in eine Dachkammer des Spinnhauses verfrachtet, aus der sie eines Tages nicht mehr herauswollte.
Die Volkssolidarität brachte täglich ein warmes Essen. Schüler, die sich Timurhelfer nannten, heizten den Ofen und putzten Maries Kammer.
Zum achtzigsten Geburtstag schenkte die Gemeinde der alten Frau ein Radio. Damit sie höre, was im Land los sei. Aber Marie hörte nur den Wald.

Bruslinas

Vom Wald, der sich südöstlich von Schwarzenberg über Rittersgrün bis nach Oberwiesenthal ins Böhmische erstreckt, geht die Sage von Herrn Miroslaw.

Jede Frau, jedes Mädchen, das den Pöhlbach und mit ihm die deutsche Grenze überschreitet, wird Herrn Miroslaw begegnen. Man muß nur Pilze und Beeren sammeln – schon steht der Herr Miroslaw vor einem.

Ein Mann mit lockig-gebauschtem Haar, der blaubeergefärbte Zähne besitzt und mit zickleinhaftem Lachen alle Frauen hinreißt.
Mitten im Gebüsch, aus dem er plötzlich auftaucht, lacht er den Sammlerinnen entgegen. Kurz, meckernd, von solchem Witz geschürt, daß einem das Körbchen aus der Hand fällt. Hat die Frau oder das Mädchen ihr erstes Erstaunen über die Begegnung verwunden, bittet Herr Miroslaw zu Tisch.
Zwischen Heidelbeerbüschen und Himbeergestrüpp, wo Schlangengras und Moos eine Insel bilden, hat Herr Miroslaw in Reihe seine Gläschen aufgestellt.

Marmelade.
Himbeer Walderdbeer Blaubeer Schlehe Holunder Brombeer Preiselbeer Hippenmark …
Zu nichts anderem werden die Frauen gezwungen, als zu

kosten. Von ihm, dem Marmeladenkoch aus Wiesenthal, das heute, wie er stolz und mit knödeligem Akzent zu verstehen gibt, wieder Loucná heißt. Dort betreibe er eine Konfitürenfabrik, Marmeláda cukrovinky, dort würde er alles Süße des Waldes in Gläsern konservieren und allen süßen Frauen der Welt feilbieten.

Die Frauen lassen es sich gefallen.
Kosten von dem und jenem Glas. Schmecken ab, loben den Meister. Sie lachen über den Kerl, den sie für verrückt, aber harmlos halten, denn der Herr Miroslaw tut ihnen nichts. Dafür ist er bekannt.
Sind alle Marmeladen und Konfitüren verkostet und die Frauen betrunken von Waldfruchtsüße, läßt der Herr Miroslaw sie wieder laufen. Er schaut und winkt ihnen nach, wenn sie mit ihren Körbchen und in ihren bunten Röcken durch den Wald zurück Richtung Heimat gehen, fröhlich und beschwingt, als sei ihnen ein guter Geist begegnet.

»Bruslinas«, sagt der Herr Miroslaw böhmisch-zärtlich.
Bruslinas, meine Preiselbeeren.

Eines Sommertages zur Jahrtausendwende, machte sich die hübsche sechzehnjährige Colditz-Fanny aus dem Spinnhaus auf, um, wie sie ihren Eltern mitteilt, mit Freundinnen zum Auersberg zu wandern. In Wahrheit aber führte Fannys Weg in die Wiesenthaler Gegend.

Seit das Mädchen von der Existenz des Herrn Miroslaw gehört hatte, besetzte sie nur noch ein Wunsch: ihm zu begegnen. Ihm, und keinem anderen. Nachts quälten sie süße fruchtbeladene Träume. Dann sah sie den Mann vor sich, in bauschigen Locken und blauen Zähnen, so wie ihn alle Frauen, die ihm begegnet waren, schwärmend beschrieben hatten. Wenn sich dieses Bild eingestellt hatte, mußte Fanny an den Kühlschrank gehen, die Marmeladengläser öffnen und naschen, bis sie satt war.

Fanny zog los. Drei Stunden durch die Wälder. Heut oder nie, sagte sie sich.

Als der Herr Miroslaw vor ihr stand, war später Mittag. Der Wald knackte und prasselte vor Hitze. Insekten summten, zartrot leuchteten die Bruslinas.
»Bitte«, sagte der Herr Miroslaw und bat Fanny zu Tisch. Es war soweit. Es war, wie es dem Mädchen zu Ohren gekommen war, wie sie es erträumt und in wüsten Marmeladenfreßanfällen verfeinert hatte: dieser Mann hatte alles für sie bereitgestellt.

Jetzt oder nie.
Fanny hatte Hunger. Wilder Appetit überkam das Mädchen. Sie löste ihr Haar aus der Spange, knöpfte sich die Bluse auf und zeigte sich dergestalt dem Herrn Miroslaw. Der ließ sein meckerndes Lachen steigen, verstummte aber gleich darauf und schüttelte den Kopf. Fanny kostete. Stipste mit dem Zeigefinger ins Marmeladenglas, zog ihn heraus und leckte ihn vor des Miroslaws Augen ab. Ein-zwei-dreimal. Sie leckte schleckte den Finger. Wies den Herrn Miroslaw an, es ihr nachzutun. Lecken! Lecken! Aber da der Herr Miroslaw nichts verstand, weil Fanny des Böhmischen nicht mächtig war, mußte Fanny anderweitig deutlich werden:

Sie legte das Kleid ab und stand nackt vor ihm.
Lachte.
Lachte den Herrn Miroslaw an, und lachte ihn aus, als er nichts tat, als finstergesichtig zu erstarren und zu verstummen.
»Bruslina?« fragte Fanny frech und streckte ihre Hand aus.

In dieser Sekunde verschwand Herr Miroslaw.
Für immer.
Nicht mal ein Rauchfähnchen hinterließ er, nicht mal ein leeres Marmeladenglas.
Fanny stand im Insektengeschwirr.
»Gottfriednackich!« fluchte sie, zog sich an.
Sie lief drei Stunden zurück nach Neuwelt. Übte für ihre Freundinnen die Lüge ein und erzählte zu Hause von einer wunderbaren Eroberung.

Bauersachs und Jockel

Der siebzehnjährige Bauersachs begegnete Jockel, Sohn des Schweinestallbesitzers Röder, 1944 im Schützengraben als Soldat einer Luftwaffen-Felddivision in der Hauptkampflinie am Monte Cassino.
Einen knappen Meter unter der Erde, in einer flüchtig ausgehobenen Sohle, von deren Seiten Sand und Erde nachrieselten. Nur wenige Stangen stützten die Grabenwände ab, und so robbten die Soldaten durch lockeren Erdstoff, frisch im Einsatz, aber dursttrocken von der italienischen Hitze und kriechmüde.
Kriechen Kriechen Kriechen
Stunde um Stunde lagen sie, die Erde zur Brust- und Rükkenwehr ausgehoben, aber von oben zielte nur die Sonne auf sie. Helm und Hirn heizte sie auf, so daß Bauersachs einmal das Stahlding abnehmen und seinen Kopf lüften mußte.
»Bist du verwerrt?« flüsterte Jockel erschrocken, »dei Kuup, der is fei von Rom ze sahe!«
Bauersachs war es egal. Wie Baumrinde fühlten sich die Lippen an. Die Wasserration aufgebraucht. Man müßte Wurzeln haben, um aus der Tiefe zu saufen, dachten die Jungen.

Weitergraben.
Kriechen
Zick zack Graben zack zack

Bis ans Bergkloster heran. Im Liegen mit dem Spaten. Mit den Händen.
Mulden Löcher Nischen Gräben
Jockel, sonst ein fröhlicher Spaßtreiber, jammerte und sehnte sich zum väterlichen Schweinestall zurück.
»Das mach' mer ner for 's Voderland«, sagte Bauersachs.

Die Abschnitte mit Stangen stützen. Hand an der Waffe. Jeden Moment kann es losgehen. Sonne lädt durch.
»Ich krepier«, stöhnte Jockel mit letzter Kraft.
»Wennde *Heilhitler!* sagst, werd's scho giehe«, flüsterte Kamerad Bauersachs.
»Du lieber Herrgott, für wos de?«
»Dos is fei 'ne Labsal!«
In diesem Moment stürzte der Graben ein.
Rasen Geröll Erde auf die Soldaten.
»'s gieht nich!« rief Jockel
»'s gieht immer!«
Bauersachs versuchte den rechten Arm aus dem Erdgeröll zu erheben. Der Arm steckte fest. Hatte sich zwischen Koppel und Waffe verklemmt. Die Linke unter dem Körper. Auch Jockel konnte sich nicht rühren. Bis zu den Augen lag er im Dreck.
Die Luft grummelte. Bomber im Anflug.
Gluthitze. Kein Gebet half, kein Gruß.
»Soch *du Heilhitler*! Ich kriech dan Arm net huch«, bat Jockel seinen Kameraden.
Da kam Bauersachs eine Idee.
Mit der Kraft seiner Beine gelang es ihm, die Erde zu lockern und das rechte Bein zu befreien. Er streckte es in die Höhe, den Stiefel zum Himmel zur Sonne zur Freiheit und

»Heilhitler!«

Flugzeuge stießen herab, pfiffen jaulten donnerten über die Soldaten hinweg, ließen Bomben aufs nahegelegene Kloster fallen, setzten die Erde in Brand und drehten wieder ab.

»Eh! Dos hat fei gewirkt!« schrie Bauersachs, »Se hom uns in Ruh gelassen!«

Da riß auch Jockel sein Bein aus dem Erdloch empor.

Heil! Heil! Heil!

Das silberne Ding, das plötzlich durch die Luft geflogen kam, nicht größer als ein Gänseei, konnte er nicht sehen. Um Bauersachs und Jockel herum krachte es.

Nur etwas Nasses, Heißes spürte Jockel an der rechten Körperseite. Er sah Bauersachs nicht mehr, nie mehr, und auch als die rauchstinkende Wolke sich über dem Graben verzogen hatte und Italiens Sonne wieder hell vom Himmel schien, spürte Jockel nichts als dieses heiße Naß.

Clownsfrieden

Röder-Jockel war seit seiner Kindheit ein Witzbold. Clown des Schweinestalls, den sein Vater betrieb.

Das Haar war Jockel als einzigem der Röder-Familie kupferrot geraten, das Gesicht pausbäckig, die Augen achatgebändert. Mit seinem Fratzenreißen und akrobatischem Können galt der Junge als begehrter Liebling der Neuwelter Kinder. Auch die meisten Erwachsenen fanden an Jokkel Gefallen, denn er zeigte sich ihnen gegenüber freundlich und aufmunternd.
Und er half, wo er konnte.

Als Jockel siebzehnjährig in Uniform gesteckt wurde, hopste er im Häschen-Hüpf-Sprung durch den Ort, steckte sich einen Schweineschwanz an den Helm und gab allen Neuweltern fröhlich den Abschied. Röder-Vater, vor Angst und Schrecken fast ohnmächtig geworden, ohrfeigte den Jungen, um ihn gleich danach weinend abzuküssen und ihn zu bitten:
Laß das! Laß das!

Jockels Traum war der Zirkus.

Aus diesem Traum erwachte er auf einer Feldpritsche im Lazarett.
Eine Schwester trat an ihn heran. Sie stellte eine Schüssel

auf den Stuhl, öffnete eine Büchse, nahm eine Prise von den Kristallen und streute sie ins Wasser. Das Wasser färbte sich erst rosa, dann dunkelviolett, und die Schwester forderte:
»Hinein mit dem guten Teil!«

Jockel lag bis zum Hals unter einer grauen Decke. Fühlte sich frisch ausgeruht, in leichter luftiger Existenz. Weder Angst noch Schmerzen spürte er. Nur ganz hinten in seinen Erinnerungen sah er Kamerad Bauersachs, wie er immer weiter verschwand, sich davonmachte von ihm, weg weg

Jockel nahm mit den Blicken seiner buntgebänderten Augen Kleid und Häubchen der Schwester wahr.
Ach, sie hatte sich in sein Kupferhaar und damit in ihn längst verliebt, das war ihm klar, denn jedes Mädchen hatte sich bisher in Jockel Röder verliebt.
Aber was wollte sie damit sagen? Hinein mit dem guten Teil?
Jockel hatte von Syphilis gehört und von Vorsichtsmaßnahmen, aber Jockel wußte auch, daß er sauber war. Er spitzte die Lippen zum Kuß, war aber zu nichts anderem zu bewegen.
Die Schwester näherte sich Jockel mit veränderter Taktik. Strich ihm erst über die schweißige Stirn, schob dann Zentimeter für Zentimeter die Decke von seinem Körper. Jockel schloß die Augen, lächelte, erwartete den ersten Kuß …
»Setz dich«, befahl die Schwester.
Jockel lag da wie angenagelt. Konnte nicht. Versuchte sich, mit beiden Händen abstützend, hochzuhieven.

Als er dann saß, sah er sein linkes Bein bis zu den Zehen verbunden. Wo das rechte hätte sein sollen, lag eine dicke Kugel Mull.
Die Schwester begann die Pflasterstreifen abzureißen, zupfte an den Binden, wickelte sie mit der einen Hand ab, mit der anderen auf, wobei sie ungeduldig stöhnte, weil die Verwundeten auf den anderen Pritschen sie anforderten, lauthals und jammernd, und der Junge hier, der sich eigentlich hätte allein entbinden können, zeigte keinerlei Einsatzwillen!
Dünner und dünner wurde die Mullkugel. Die Binden klebten. Braune Krusten, Blut und Sekret hielten sie zusammen.
Jockel schaute mit aufgerissenen Augen, vermochte kaum zu atmen, denn was er sehen konnte –
Der Schrecken des Nichts
das die Schwester mit einem Ruck offenlegte. Sie hatte den Mullbindenklumpsch heruntergerissen.
Jockels Schrei durchbrach den Raum.
»Kaliumpermanganat«, sagte die Schwester, schob die Schüssel unter Jockels Stumpf und tauchte ihn in die violette Flüssigkeit.

Drei Wochen vor Kriegsende erfolgte eine Nachamputation.
Die Nahtstellen hatten sich trotz regelmäßiger Desinfektionsbäder entzündet. Der Stumpf eiterte.
Wundbrand klopfte an Jockels Herz.
Noch einmal vier Zentimeter sägte der Arzt vom Bein ab. Nähte noch einmal alles zusammen und entließ den Soldaten mit den Worten:
»Das war 's.«

Das war's für Jockel.
Er wurde nach Hause zurückgeschickt. Im Beiwagen eines Motorrades, das ihn vorm elterlichen Schweinestall ablud. Vater Röder kämpfte noch an der Front. Erna, Jockels Mutter, streute gerade Rübenschnetzel in den Koben, als der Sohn vor ihr stand.

Mit abbem Bein.
Aufrecht. Das Haar kupfern, die Wangen pausbäckig, als stünde er gut im Futter. Jockel breitete die Arme aus und hüpfte der Mutter entgegen.
Mit abbem Bein.
Ohne Krücken ohne Jammern ohne Sturz.
Erna ließ die Schweine vorm halbgefüllten Koben grunzen, fiel in die Arme des Invaliden, zog ihn halb, ließ sich halb von ihm aus dem Stall ziehen, über den Hof, hinter dessen Verschlägen Krähen alles beobachteten und kundgaben:
»Drr Rrröder-Jockel is hamgekehrrrt!«
Hinein ins Haus wankten und stolperten Mutter und Sohn, während hinterm Wald bei Chemnitz Zwickau Schwarzenberg rotflammige Wolken aufzogen, der Krieg durchs Gebirge flog, um vor Neuwelt abzudrehen, denn hier war bereits alles geschehen, und MutterSohn Jockel hüpfte in die gute Stube.

In der Emmauskirche sangen die Hundertjährigen.

Suche Jesum und sein Licht
Alles andre hilft dir nicht.

Aus dem Böhmischen wurde die Sichtung eines Bären vermeldet.

Jockel saß im Ohrensessel in der guten Stube.
Wartete auf den Abend, die Nacht, den Morgen, den Tag, den Abend. Wartete auf Mutter, die ihm Essen bringen sollte. Erna brachte den *Völkischen Beobachter*, der den Endsieg versprach. Sie salbte Jockels Narbe mit Senf Honig Arnika und wickelte frischen Mull darum, bevor sie den Stumpf in eine am rechten Bein zugenähte HJ-Cordhose steckte.
Neben Jockels Ohrensessel stand der Radioapparat, aus dem er hörte, was in der Welt vor sich ging, das *Halten um jeden Preis,* die rauschenden Meldungen der Heeresgruppen vor Leningrad, von der Besetzung Ungarns hörte er, vom Kessel von Korsun. Jockel hörte, was alle im Ort hörten, während ein neuer unheilbarer Schmerz träge machte.

Jockel drohte, im Sessel zu versinken.
Noch immer hielt sich der Krieg rostrot über dem Gebirge.

Schloß der Junge die Augen, sah sich im Wald auf dem Boden liegen und Gräben ausheben, von Neuwelt zackzack! durchs Goldhangut Weidegut Oesergut, durch Wald Gebirge Osten Westen, unterm Griesebach hindurch, zackzack! Blindgänger Geringsberg Fußfalle Teufelstein, weitergaben! bis zu einem Dorf mit Namen Neue Sorge. Dort stieß Jockel auf seinen Vater. Der war ganz jung und bleiweiß im Gesicht. Jockel wollte ihm sagen, daß nun alles gut sei und man nach Hause gehen könne, aber der Vater schüttelte nur den Kopf und verstand nicht. Jockel schrie ihn an, daß er doch mit ihm kommen möge, den Führergruß als eiserne Reserve im Gepäck *todsicher,* aber der

weißgesichtige Vater zuckte mit den Schultern. Da rief Jockel laut: Bauersachs! Da erkannte er plötzlich den toten Kameraden im Vater wieder und wie eine rote runde Nase in seinem Gesicht wuchs, die Lippen sich verzogen und er gräßliche Grimassen schnitt.
Da hielt Jockel im Graben inne, wachte auf und heulte und lachte.

Jockel wollte vom Zirkus träumen. Es gelang ihm nicht. Er hatte Hunger.
Zu dieser Zeit speiste man Fitzfädelsuppe, in Milchsäure vergorene Porlingspilze und aß Schnitzel vom Zunderschwamm, als wären sie feinstes Kalbfleisch.

Im Mai 1945 trieb Röder-Erna ihre Schweine in den Wald, um sie vor den Russen zu verstecken. Hinterm Geringsberg, tief im Unterholz, vergnügten sich die Keiler mit den Säuen, während die Russen auf sich warten und den Frieden vor sich kommen ließen.

Bis in den November hinein saß Jockel im Ohrensessel in der guten Stube und wußte nichts mit sich anzufangen. Erna, die ihn doch wenigstens lebendig aus dem Krieg wiederbekommen hatte, verfluchte die neue Zeit, die ihren Jungen faul machte.
Und Erna wartete auf ihren Mann, der den Weg nicht mehr nach Neuwelt finden wollte.

Der Winter 1945 kam mit graupligem Eis. Eines Nachts schoß es vom Himmel herunter, wurde in klirrenden Schwaden durch Wälder und Dörfer getrieben, häufelte sich hier und dort als körniger Berg an, türmte sich als glit-

zernde Barrikade vor der Emmauskirche und begrub unter sich, wer ihm nicht entweichen konnte.
Der Russe zog in Neuwelt ein, und Röder-Jockel faßte mit beiden Händen die Armlehnen des Ohrensessels.
Er spürte seine Zeit gekommen.
Angst war Sache der anderen. Jockel hatte das Leben nachzuholen, seines und das des Kameraden Bauersachs. Und das seines Vaters.
Jockel erwartete die Russen, als wüßten sie genau, wie es um ihn stand.
Fest packte er die Armlehnen, drückte fester fester, hob seinen Körper mittels Armkraft von der Sitzfläche, drückte die Arme durch, hielt die Spannung und ließ sich wieder herunterplumpsen. Diese Übung wiederholte Jockel dreimal. Steigerte sich am nächsten Tag aufs doppelte, danach täglich um einiges mehr. Er gewann an Kraft. Es war wunderbar. Wie leicht er plötzlich war! Wie er sich spürte. Jockel stellte das gesunde linke Bein auf den Sitz, stützte sich ab und begann, den Stumpf hoch und runter zu bewegen. Er streckte das linke Bein nach vorn, fiel mit dem Hintern auf den Sitz, die Federn quietschten, wieder stützte er sich auf. Die kräftigen Arme, linkes Bein anwinkeln, Stumpf nach vorn, fallen, auf, links rechts links rechts, hei hei! Zackzack!

Jockel benötigte keine Krücke. Er schaffte es, auf einem Bein durchs Haus zu springen. Selbst die Treppen kam er auf diese Weise nach oben. Täglich übte er. Bis er das Haus verlassen konnte.
Die Dorfweibsn verfolgten die einfüßige Spur, die durch den Schnee führte, und verhießen nichts Gutes.

Jockels Zirkus.
Er trat im Rilpsstübel auf. In Semmelweis-Märries Kneipe, die weihnachtlich mit Tannengrün Nußknackern Kerzen und karierten Kissen geschmückt war. Im eisernen Ofen knisterten und pfiffen Scheite und Zapfen. In der Ofenecke hockte der alte Lewin bei einem Warmbier.
In der Stammtischecke: zwei Sowjetsoldaten. Mißtrauisch beäugten sie den Einbeinigen, denn es wagte sich seit ihrer Ankunft kaum ein Neuwelter mehr ins Rilpsstübel.
Jockel hatte keine Angst. Er mußte nichts verbergen, konnte nichts verlieren, er wußte, was die Soldaten brauchten. Vom alten Lewin wußte er nichts.

Bei Semmelweis-Märrie war alles heiter. Anders als bei Milchmann Stülpnagel oder in Berta Zschiedrichs Waschanstalt wurde hier in schlechten Zeiten nicht nur geheult und getrauert, auch keine finsteren Flüche auf Gott und Vaterland ausgeteilt, sondern gelacht. So wenig und zwischen den Zähnen, wie es in der Gegend üblich war.

Jockel hatte Hunger und kein Geld.
Die Wirtin, welche für die Russen Buttermilchgetzen und Fratzen buk, wollte wohl gern, fürchtete aber Strafe, wenn sie dem Jungen kostenlos etwas herüberreichte. Jockel sah die Soldaten essen. Sie waren kaum älter als er, hatten stoppelhaarige Köpfe und schmale, wie durch Tränen verschleierte Augen. Jockel stierte sie an, von den Augen auf die Teller, ihm lief das Wasser im Mund zusammen, aber die Russen schlangen die leckeren fetten Fratzen in sich hinein, schleckten sich die Finger ab, wischten die Reste vom Teller und lehnten sich in sattem Glück zurück.

Sie fraßen in Frieden, aber Jockel wollte vor Hunger in einen neuen Krieg ziehen, da nahm er zwei schwere Schemel als Stützen. Wie an einem Barren stemmte sich Jockel hoch, schwang Bein und Stummel hin her, drehte hüpfte rollte, schlug Salto, machte Handstand – die Soldaten waren begeistert.
Sie ließen Essen kommen und Wodka.
Jockel turnte zwischen den Schemeln. Brachte es zur Meisterschaft.
Eisiger Geist Schnaps.
Sto Gramm auf sto Gramm.
Jockels Darbietungen waren ein Vergnügen, an dem sich bald mehr und mehr Soldaten und Offiziere erfreuen wollten. Bis das Rilpsstübel fast jeden Abend mit Russen gefüllt war, zwischen ihnen nur der alte Lewin, der den Clown mit wütenden Blicken befeuerte.

Als die Russen in Kasernen zogen und Semmelweis-Märrie Wodka wieder gegen den altbewährten Schnaps *Grubenfeuer* eintauschte, füllte sich das Rilpsstübel wieder mit Stammgästen.
Es brauchte Jahre, bis die Neuwelter dem einbeinigen Artisten verzeihen konnten, daß er seine Kunststücke vor den Russen aufgeführt hatte. Aber verzeihen konnten sie und ließen sich Jockels Darbietungen gefallen, Jahr um Jahr, bis irgend jemand aus der Bezirksleitung Schwarzenberg kam, die makabre Artistik untersagte und dem jungen Mann im Zeichen der neuen Zeit eine Zukunft geben wollte.

Röder-Jockels Traum endete in einer Prothesenwerkstatt. Dort drechselte er zur Gesellenprüfung einen Stelzfuß,

den er sich – nur für den Tag der Prüfung – anschnallte und der Musterbeispiel wurde für viele kommende Beine und Arme aus Holz Leder Metall.
Jockel arbeitete für die Verwundeten Amputierten Blessierten Kaputten und Krüppel. Er machte seinen Meister als Orthopädiemechaniker und wurde als Jungaktivist ausgezeichnet für die Entwicklung einer Oberschenkelprothese mit neuartigem Gleit-Brems-Gelenk.

Jockel hatte das Leben nachzuholen.
Er brachte die meisten Krüppel wieder zum Leben.
Die Neuwelter waren stolz auf ihn.
Selbst trug er niemals eine Prothese.

Stoppelkopp

Förster Heinsch setzte im Juni 1945 seinen Hund auf die Fährte.

Er rannte ihm nach durch den Wald, denn die unbekannten Spuren führten vom Böhmischen über Oberwiesenthal Breitenbrunn an Schwarzenberg vorbei direkt nach Neuwelt. Von Neuwelt aus hasteten stürzten flatterten Heinsch und sein Hund der frischen Spur nach durch den Wald über den Weg, der zum Spinnhaus führte.

Heinsch rannte, als ginge es um sein Leben.

Riß die erstbeste Tür auf und befand sich in Berta Zschiedrichs Waschanstalt. Mit erhitztem Gesicht stand der Förster vor den Frauen, ächzte und japste:

»Dar Russ kimmt!«

Dann versagten ihm die Knie. Er stieß mit dem Kopf gegen den Tisch und starb.

Nobis-Susanne schleifte den toten Förster nach hinten in die Plättstube und begrub ihn unter einem Berg frischer Mangelwäsche.

Zschiedrich-Lotte, die die Waschanstalt gut durch den Krieg geführt hatte, befahl, man müsse augenblicklich alle Jungmädelblusen Soldatenhemden Waffenröcke in der Seifenkammer verschwinden lassen und unverfängliche Leibchen Laken Handtücher obenauf legen. Lotte war es, die die Führung übernahm und zur Kapitulation aufrief:

»Weibsvolk, nammt euch weiße Tücheln und macht euch vor de Tür!«

Die Russen kamen den Waldweg entlang. Ein Grüppchen von sechs Mann, ein Haufen Lumpenträger, zerschlissen und zerschlurft. Sie schleppten sich
Schritt für Schritt.
Der sich als Kommandant auswies, hielt das Gewehr im Anschlag, zielte auf die Frauen, die vor Berta Zschiedrichs Waschanstalt standen und ihnen entgegenhielten, was sie friedensbereit zu bieten hatten:
Ihre weißesten Tücher und Stoffe. Allem voran Bettlaken. Sie schwenkten Wischtücher Waschlappen Taschentücher, geplättet oder noch knitterig. Sie zeigten gestickte gehäkelte geklöppelte Decken und Servietten. Wunderbare Muster feinster weißer Spitze. Sie hielten Hemden, Kragenbinden und sogar weiße Kinderleibchen den Russen entgegen.
»Bitte«, sagte Lotte und überreichte dem Kommandanten sechs spitzenumhäkelte maiglöckchenweiße Taschentüchlein, die gestärkt und noch vom Bügeleisen warm waren.
Angst stand den Weibsn in den Augen.
Im Moment, da der Kommandant das Gewehr durchlud, fielen den Frauen noch einmal all ihre Männer, ihre Kaasköppe Kreitriche Kriebln und Hadrlumpen ein, die wahrscheinlich eben von den Russen erschossen und erdolcht wurden oder die der Krieg längst schon verkocht hatte.
»Paßt auf, is prasselt glei!« flüsterte Nobis-Susanne.
Der Kommandant griff nach den ihm dargereichten Taschentüchern, blickte Lotte mit flirrendem Blick an und sagte:
»Galod.«

Hunger.
Lotte nickte dem Kommandanten freundlich zu und schenkte ihm mehr Stickdeckchen Tüchelchen Klöppelborten.

Die Krähen auf dem Dach erzählten die Geschichte so weiter:

Die Soldaten hätten die kostbaren Tüchlein aufs ekelhafteste mit dem beschmutzt, was Lust und Not aus ihnen herausgetrieben hat.
Die Soldaten seien über die Waschfrauen hergefallen und hätten sie drei Tage und drei Nächte lang durchgewalkt.
Die Soldaten hätten, als sie den toten Förster unter der Wäsche gefunden haben, ihn im Waschkessel gekocht und aufgegessen.

Aber einer der russischen Soldaten war am Tag des Einmarsches in Berta Zschiedrichs Waschanstalt mit Lotte hinters Spinnhaus gegangen.
Auf die Wiese, darauf Bettlaken zur Bleiche lagen.
In der ersten Frühlingssonne.
Unter sauberem blauem Himmel.
Der Soldat, der auf den Namen Golow Tschetinowitsch hörte, trug das Haar kurzgeschoren, so daß Lotte, strich sie mit der Hand darüber, juchzen und kichern mußte.
Golow gefiel es.

Und Lotte vergaß in diesem Augenblick den toten, ewig feldgrau gebliebenen Caspar.
Und vergaß Tochter Gundel, welche Giftpilze dem Leben vorgezogen hatte.

Und vergaß die Furcht davor, was die Leute tratschen würden über sie, die Chefin der Waschanstalt, und was ihr geschehen könnte auf der Rasenbleiche.

Lotte war es denn auch, die den jungen Stoppelkopf zu sich zog. Sie ließ sich einfach auf den Rücken fallen, hob erst die Schürze, zog sie zum Kinn, raffte dann den Rock, packte Golow an der Hand und befahl ihn zu sich herab.
Er befolgte alles.
Sie faßte den Soldaten um den Nacken, spürte den winzigen Stoppeln nach und drückte Golows Kopf zärtlich an ihren Schoß.

Golow war der Einstand des Friedens.
Lottes Sommerglück.
Die Krähen hackten und rissen einander die Federn aus, wenn sie sahen, was zwischen den beiden vorging.
Nach drei Jahren Glück zog Golow mit den anderen Soldaten in die Kaserne. Nie wieder hatte er allein Freigang.

In diesem Sommer blühte im Erzgebirge der Wald.
Eine derartige Nadelholzblüte, heißt es, gibt es nur alle zehn Jahre. Die Luft über den Wipfeln war rostrot vom Pollenstaub. In breiten Schwaden stieg er von den Bäumen auf wie giftiger Rauch. Kaum, daß die Sonne durchkam. Und wenn, spielte flammiges Rot zaubrische Gestalten in den Himmel. Überall, in den kleinsten Ritzen, auf Bleichwäsche Hausdächern Äckern legte sich der Staub ab. Es gab Bäume, die stürzten unter der Last ihrer Zapfen um.
»Dos wird Arbeit!« sagte der neue Förster.

Abziehbilder

1964 herrschte für Tänner-Achim Kindergartenzeit.

Seit diesem Jahr lebte der Junge mit seiner Mutter Margot im Spinnhaus. Auf der Gemeinschaftsetage für Alleinerziehende.
Margot arbeitete als Verkäuferin in der Konsumverkaufsstelle.
Jeden Morgen sechs Uhr lief Achim an Mutters Hand ins Dorf, wo das neu hergerichtete Amtshaus als Kindergarten diente. Jeden Morgen zwanzig nach sechs stand er mit seiner Brottasche bereit zur Abgabe an die Tanten.
Eine roch nach Milch. Eine roch nach Zimt.

Frau Handschuk war Milch. Frau Klinger, die dem Kind die Brottasche abnahm, Zimt.
Jeden Morgen gab es Kämpfe um die Brottasche. Achim wollte sie nicht abgeben, denn sie war neu und kostbar, aus braunem Leder mit silberner Schnalle und zwei Abziehbildern an der Klappe: Bär und Fliegenpilz.
Solange Achim die Brottasche besaß, roch sie nach Leder. Auch das Frühstück, das Mutter am Morgen hineinpackte, roch und schmeckte ewig nach Leder. Nach Zuhause Geborgenheit Freiheit.
Frau Klinger war Zimt.

Achim saß mit zwölf anderen Kindern am Tisch.
Am ersten Tag gab es zu Mittag Milchreis mit Zucker und Zimt. Frau Handschuk kleckste aus einem Aluminiumkübel eine Kelle Reis auf hellblaue Plasteteller. Frau Klinger streute Zimtzucker darüber.
Achim saß vor seinem Teller und stocherte im Brei. Der Zucker schmolz, der Zimt verlief in bräunlichen Schlieren und atmete den Jungen an:

Du mußt! Du mußt!

Während die anderen Kinder löffelten, hielt Achim den Blick stier auf die Spielzeugwand gerichtet, um nicht die Leberwurstbemme vom Frühstück über den Tisch zu speien.
Die anderen Kinder wurden nach dem Essen in den Nebenraum geführt, wo sie sich für die Mittagsruhe auskleideten.
Achim saß unter Aufsicht von Frau Klinger am Tisch und bewegte schon zehn Minuten ein paar Reiskörner im Mund.
Nach einer halben Stunde erlöste ihn Frau Handschuk und gab ihm Milch zu trinken.
Die schmeckte so köstlich, daß er weinen mußte.

Frau Handschuk stammte aus Berlin.
Aus der Hauptstadt der Deutschen Demokratischen Republik.
Frau Handschuk sprach anders als die Tanten Mütter Mädchen. Sie lächelte beim Sprechen und erschien Achim in ihrer weißrosa gestreiften Schürze als eine himbeermilchene Fee. Von weither kommend, lockend in taumelndmachender Güte, die der Junge in die Frau hineinsah, vom ersten Tag seiner Kindergartenzeit an.

Achim kannte Wald Wiesen Berge, das Spinnhaus, Neuwelt, den Kindergarten.
Aus dem Wort Berlin erwuchs ihm das Märchenland.
Sang Frau Handschuk mit den Kindern das Lied vom Fernsehturm, klopfte dem kleinen Tänner das Herz. Er wollte aus seinem Stühlchen aufspringen und hinausblikken, ob der Fernsehturm bis nach Neuwelt zu sehen sei, denn er war ja

So groß und schlank, groß und schlank, groß und schlank
Und hat ein Bäuchlein blitzeblank
Bäuchlein blitzeblank.
Da ist kein Magen drin, nee, nee,
sondern ein Fernsehturmcafé!

Besonders die letzte Strophe hatte es Achim angetan, da sie davon handelte, daß der Fernsehturm tatsächlich von einer Größe zu sein schien, die sich bis zum Kindergarten erstreckte:

Allen, die den Turm gebaut, Turm gebaut, Turm gebaut,
der jetzt in unsren Kochtopf schaut, Kochtopf schaut,
sagen wir fröhlich: dankeschön!

Achim dankte dem Fernsehturm, daß er, wenn auch unsichtbar, den Neuwelter Kindern wenigstens in die Töpfe schaute, welche Woche um Woche furchterregende Speisen wie Flecken- und Gräupchensuppe, Möhreneintopf, süße Nudeln, sauren Sellerie und Milchreis bereithielten.
Frau Klinger streute Zimt.
Über alles.

Du mußt! sagte sie zu dem kleinen Tänner, dem der Zimt jedesmal einen Brand auf der Zunge entfachte.
Frau Handschuk löschte ihn.
Achim heulte in ihre Schürze.
Milchtrost.
Frau Handschuk war Sehnsucht. Eine Sehnsucht, die Großes in ihm erweckte, denn Großes verlangte die Zeit.

Achim versprach Frau Handschuk, später einmal ein tüchtiger Erbauer des Sozialismus zu werden.
Sobald er den Fernsehturm gesehen hätte.
Daß Frau Handschuk ihm seufzend und mit traurigem Gesicht über den Kopf strich, verstand er nicht.

An der Wandzeitung des Kindergartens hing ein buntes Plakat, das ein weinendes vietnamesisches Kind zeigte, über dessen Strohhut amerikanische Bomber flogen. Im Hintergrund brannten Häuser.
Achim hatte Angst vor diesem Bild.
Er fürchtete die Amerikaner, von denen Frau Klinger den Kindern manchmal berichtete und warnte: auch wir müssen auf der Hut sein.
Achim hielt sich lieber an Frau Handschuk.
Bei ihr klang alles anders.
In seinen Träumen kämpfte er für sie.

Nach zwei Jahren, da sich Achim mehr schlecht als recht in den Kindergarten eingelebt hatte, ließ ihn Mutter morgens die restlichen Meter bis zum Eingang allein gehen.
Er wollte, wie alle, schnell groß werden.
Eines Morgens scherte er, nachdem Mutter aus seinem Blickfeld verschwunden war, aus.

In den Wald.
Dort öffnete er seine Brottasche, kippte die Frühstücksbemmen aus und sammelte Fichtenzapfen hinein. In der Spielstunde, die morgens von zehn bis elf und nachmittags von zwei bis drei ging, holte Achim seine Beute hervor.
Die Kindergartenpatenbrigade der Nationalen Volksarmee hatte den Kindern kürzlich eine Ladung neuer Spielsachen geschenkt: Holz- und Plasteautos, Mannschaftswagen mit Feldküche, Schützenpanzerwagen und ein Schwimmpanzer.
Während die Mädchen Püppchen, Mensch-ärgere-dich-nicht-Männeln und kleine Holzengelchen in die Fahrzeuge verluden und mit memm-memm! durch den Raum fuhren, wollte Achim von den langweiligen kleinen Fahrzeugen nichts wissen.
Er bevorzugte die Puppenwagen.

Neuwelts Kinder spielten Krieg.
Tänner-Achim wußte, was das war.
Das Plakat an der Wandzeitung. Der gefürchtete Amerikaner. Die Patenbrigade. Frau Handschuk, die er manchmal weinend im Flur antraf. Frau Klinger, die kommandierte. Das alles war Krieg.

Achim teilte die gesammelten Zapfen unter den Jungen auf. Sie bestückten damit die Puppenwagen.
Schossen aus dem Hinterhalt.
Im Moment, als Frau Klinger das Spielzimmer betrat, trafen sie auch schon die Geschosse an Bauch Brust Brille.

Tänner-Achim war der Kriegsstifter gewesen.
Am Mittag seiner großen Schlacht gab es Milchreis mit Zucker und Zimt. Er aß einen ganzen Teller leer.
Frau Handschuk strich dem Jungen über den Kopf, so daß er ihre milchduftende Haut roch. Ich werde dir immer folgen, dachte Achim.
Der Amerikaner war besiegt.

Zum Schulbeginn bekam Tänner-Achim drei Zuckertüten: die größte von seiner Mutter. Sie reichte ihm fast bis zum Kopf, war aber ganz alt, aus blauer Pappe, auf deren Schrammstellen Margot lauter Abziehbilder geklebt hatte: Pilze Bären Sonne Mond Schnatterinchen Pittiplatsch ... Gefüllt war die Zuckertüte mit einer Garnitur warmer Unterwäsche, Buntstiften, Federkästchen und einem gelben Teddybären.
Achim küßte den Bären und nannte ihn Frau Handschuk.
Die zweitgrößte Tüte kam von Mutters Kollegen aus der Konsumverkaufsstelle: eine schöne neue bunte, bis unter die Krepphaube mit Äpfeln Gummischlangen Bonbons und anderen Leckereien gefüllt.
Die dritte Zuckertüte hing am Baum vor Achims Fenster. Als er vom letzten Kindergartenbesuch nach Hause kam, erleichtert und tränenverschwiemelt, sah er die kleine rote Tüte im Geäst glänzen. Mutter erntete sie mit dem Apfelpflücker. Mißtrauisch wie sie war, wollte sie das Geschenk inspizieren, bevor der Sohn es in die Hände bekam, aber Achim riß Mutter die Tüte aus der Hand und floh mit ihr auf den Dachboden, wo er in einer Kammer sein Versteck hatte.
Aufgeregt nestelte er die Schleife auf, die den Tüll umschlossen hielt. Er hatte keinen Verdacht, von wem die

dritte Zuckertüte sein konnte, wer sie in aller Heimlichkeit an den Baum gezaubert hatte.

Die Tüte war nicht größer als eine dicke Mohrrübe.
Viel konnte sie nicht fassen.
Achim zog ein blaues Tuch hervor: das Halstuch der Jungpioniere, wie er es schon an den Kindern auf dem Schulhof gesehen hatte, und von dem im Kindergarten oft gesprochen wurde, und was er besitzen wollte, denn es gehörte in die Welt von Frau Handschuk, es war blau und stolz, es stammte aus Berlin.
Der Junge zitterte. Früher als die anderen Erstkläßler war Achim Tänner im Besitz des Schönsten, was es geben konnte.

Er band sich das Tuch um den Hals.
Schiefknotig, zippelig.
Er nahm Frau Handschuk, den gelben Teddy, und machte sich auf den Weg.
Er wollte seiner Kindergartentante danke sagen und ihr noch einmal versprechen, alles zu tun für –

Frau Klinger fing Achim vor der Tür des Kindergartens ab. Er sei doch schon groß, ein Schulkind, Jungpionier sogar, schön schön, aber Frau Handschuk sei nicht mehr zu sprechen, für keinen mehr.
»Du mußt gehen«, sagte Frau Klinger zu dem Jungen.
Du mußt!
»Ich will zu Frau Handschuk!«
Achim stampfte mit dem Fuß auf. Ich will!
»Sie ist nach Berlin zurückgekehrt«, sagte Frau Klinger, und eine Zimtwolke entstieg ihrem Mund.

Wie leblos stand Achim vor dem Kindergarten, hinter dessen Tür fröhliches Gewimmel Spielstunde oder Krieg anzeigte. Achim schossen die Tränen in die Augen. Er hielt Frau Handschuk fest im Arm.
»Ein schönes Bärchen hast du da«, sagte Frau Klinger, aber Achim schrie:
»Sie ist nicht in Berlin!«
Da zog Frau Klinger aus ihrer Schürzentasche etwas hervor und gab es dem Jungen: ein Abziehbild, auf dem der Fernsehturm zu sehen war.

Tänner-Achim rannte nach Hause.
Er rannte mit Frau Handschuk im Arm, dem blauen Tuch am Hals und dem Bildchen, dem Glück in der Hand.
Zu Hause weichte Achim den Fernsehturm in Wasser ein, zog ihn vorsichtig vom Papier herunter und klebte ihn auf die Fensterscheibe seiner Schlafkammer.
»Der geht doch nie wieder ab!« schimpfte Mutter, als sie am Nachmittag nach Hause kam.
»Soll er auch nicht!« sagte Achim und warf Frau Handschuk hoch in die Luft, daß sie sich vor Freude überschlug.

Der Bär

Er wählte die Dämmerung.

Behäbig tapste er im Paßgang über den Glimmerschiefer der Waldwege, schlug sich ins Gebüsch, um Gräser und Winterrüblinge zu fressen, riß auch mal ein Reh oder legte einen Bienenstock frei.
Meistens blieb er hungrig.

Die Menschen in der Gegend sprachen über ihn.
Er konnte wie alle Bären schlecht hören.

Eines Märztages, da der Schnee in harschen Resten den Wald noch vor wanderfreudigen Besuchern sicherte, machte der Bär eine Entdeckung:
Am Dreitannenweg, der durchs Gehölz zum Halsbach führte, roch er aus einer Senke Beute. Der Bär trat näher, witterte, blinzelte und konnte nichts erkennen als graues Zeug, das stank roch duftete, aber es vermochte seinen Hunger nicht zu stillen.
Der Bär knurrte und sprang in die Senke.
Landete weich.
Auf einem Berg Schafswolle, die den Winter über hier gelegen haben muß:
In filzigen Klumpen. Grau, durchfeuchtet.
Der Bär wühlte sich durch das Filzige, stieß in der Tiefe auf Grobgesponnenes, auf Garn und Feinstrick, auf gewebte

und an den Rändern aufgedröselte Handarbeiten; er stieß auf eine zerbrochene Spindel, auf Docken in Strähnen gelegter Fäden, die rochen wunderbar nach Hammel, aber der Bär biß nur in Wolle, in unendlich viel Wolle und Halbfertiggewebtes Gestricktes Verknotetes.

Dieser eine Winter genügte nicht, das von werweißwem in den Wald geworfene Zeug verrotten zu lassen.

Der Bär wußte nicht, wohinein er geraten war.
Der Hunger biß und ließ ihn brüllen.
Bis er einschlief.
Mitten im Wollberg, der noch in den Träumen den Hunger anstachelte und des Bären viehisches Ratzen bis zum Spinnhaus zurücktrug.

Bergkgeschrey

Im Jahr, als der Bär im Erzgebirge gesichtet wurde, trug sich folgendes zu.

An einem Maitag hielt ein Reisebus mit amerikanischen Touristen Kurs von Elterlein über Waschleithe durchs Oswaldtal zum Schaubergwerk Herkules-Frisch-Glück.

Auf der Suche nach Urgründen europäischer Landschaft, Geschichte und Kultur wurde die Gruppe durch sächsische Städte und Mittelgebirge getrieben, von Heimatmuseum zu Heimatmuseum. Aber die Tour machte müde, und der klimatisierte Reisebus lud zum Schlafen ein. Überhaupt war die Fahrt ins Erzgebirge schlecht organisiert:
In Neuwelt waren einige der Sehenswürdigkeiten, wie zum Beispiel Berta Zschiedrichs historische Wasch- und Plättanstalt, am Tag der Ankunft der Amerikaner geschlossen. Die ebenfalls nach historischen Maßgaben ausgebaute Handarbeitsstube im Spinnhaus existierte nicht mehr. Sie war geschlossen worden aufgrund mangelnder Besucherzahl.
So mußten sich die Touristen im Spirituosenmuseum einer Kostprobe sämtlicher Kräuterbitter, Enzianbrände und Vugelbeertroppn unterziehen; in Annaberg mitten im Sommer ein Weihnachtsglockenspiel hören und hinter Geyer (unter Protest) die Greifensteine erklimmen.

Zur Belohnung folgte am dritten Tag der Erzgebirgserkundung eine Freilichttheateraufführung in Schneeberg. Man gab den »Getreuen Horlemann«, ein Volkstheaterstück, das 1935 am selben Ort seine Uraufführung erlebt hatte und nunmehr historiengetreu dem Publikum des Jahres 2003 vorgeführt wurde.
Unter der Regie des ehemaligen Stadttheaterintendanten.
Das Spiel um den Kirchenschatz, der geraubt wurde von *kroatischen Bestien.*
Und nach Böhmen verschleppt.
Und verteidigt vom Küster Horlemann.
In Deutschlands Mitte, in Deutschlands Herz. Hier, wo es am dichtesten liegt, wo es am meisten ist
Das Volk ohne Raum
Zwischen Ökomarkt und Bergbier saßen die amerikanischen Touristen und sahen das Schauspiel: wie der deutsche Mann sein Blut auf dem Boden der Heimat vergießt und sich gegen die Fremden jenseits der Grenze zur Wehr setzt.
Und alle spielten mit.
Komparsen von Zwickau bis Schwarzenberg.
Freue dich, Schneeberg! spielte das Bergmannsorchester.
Die Gäste freuten sich und lachten und klatschten, denn das hatten sie auf ihrer Reise noch nicht gesehen:
Die Bergmannstage. Das Bergkgeschrey.
Der kanariengelbe Himmel.
Eine Wolke, wie aus schwerem weißen Metall, die sich im Kern spaltete
und über das Publikum hinwegzog …
That's OK!
Freue dich, Schneeberg!

Als der Bus, auf dem Höhepunkt der Reise, vor dem Schaubergwerk Herkules-Frisch-Glück hielt, waren die Amerikaner zu nichts mehr bereit. Müde vom Urdunst des Miriquidiwaldes und vom Himmel, der ihnen schwerer schien als der ihrer Heimat, drängten sie in das kleine Gasthaus »Zur Knochenstampfe«, um sich für die Rückreise zu stärken.
Sie waren ausgepowert und satt vom Wissen.
»Departure in one hour!« hieß es.

Jane Linklater, Geschichtsstudentin aus New York, entfernte sich von der Gruppe.
Ein paar Meter nur, linksweg in den Wald, um durchzuatmen. In blauem Sommerkleid, Rucksack und roten Turnschuhen stand sie im Gebüsch hinter dem Einstiegsschacht zum Bergwerk, das geschlossen hatte, und genoß die frische Luft. Sie wollte nichts anderes mehr tun, als Europa an diesem Stück Erde auszumachen, an dieser würzigen ursprünglichen Natur, die in der Tiefe seltsame Signale aussendete.

Man weiß nicht, wie lange Jane so gestanden hat. Nach einer Stunde jedenfalls war sie noch nicht wieder bei der Gruppe, und die Rufe des Reiseleiters und das Hupen des Busses erreichten sie nicht.

Jane war Felix dem Verrückten begegnet.
Der alte stoppelbärtige Mann stand vor der Studentin, plötzlich, wie aus dem Berg entstiegen, ein Hutzelmännchen in schmantigen Hosen und abgeschlagenem Schutzhelm. Er führte ein uraltes Grubengeleucht bei sich. Eine sogenannte Froschlampe, auf deren an einem Drahthaken

hängenden Tellerchen ein fettgetränkter Brenndocht rußiges Licht erzeugte.
»Ich zeig dir was«, sagte der Mann.
Jane war Felix dem Hauer begegnet.
Sie erstarrte vor Angst, wollte fliehen, wurde von Neugier gepackt, von Ekel nach hinten geworfen, sie rief:
»O God!«
Da stiegen sie auch schon ein.

Im Moment, da Felix die Tür, welche das Bergwerk vor unerlaubten Besuchern schützte, aufhebelte, hatte er Jane auch schon gewonnen. Er hielt es für seine Pflicht, ihr alles zu zeigen.
Study tour of wrong way.
Mit Felix dem Führer.
Der hustete, als die Luft des Lebens umschlug in feuchten ziehenden Brodem.
Jane folgte dem Mann. Oder Felix zog sie mit sich, hart im Griff, so daß sie keine Wahl hatte. Nach fünfzig Metern war der letzte Rest Tageslicht erloschen. Jane sah den Alten in blakigem Lichtdunst. Er lockte sie fort.
Den Gang entlang, der enger und enger wurde wie die Luft. Die Schritte schmatzten durch Pfützen und knirschten über abgeschlagenem Gestein. Die Aufregung saß der Studentin zuckend unter den Augenlidern.
Was, wenn die Leuchte herunterfiel oder der Docht abgebrannt war? Was, wenn der old Chap sich als geisteskrank entpuppte und sich heimlich in einen Seitengang schlagen und Jane in den Strecken Gängen Stollen Gruben allein lassen würde …
Aber Felix blieb bei seinem Verstand und in sicherer Nähe. Sie erreichten einen unterirdischen See. Jane konnte sein

Ausmaß nur erahnen, denn die Funzel in Felix' Hand beleuchtete gerade mal das nächstliegende Gestein, das, wie der Bergführer der Studentin flüsterte, aus Erz und Marmor bestehe.
Molche huschten zwischen Janes Füßen. Es regnete von allen Seiten.
»Please, please, take me back to my guide!«, bat das Mädchen.
Felix, der nichts verstand, grinste und schüttelte den Kopf.

Er mußte seine Pflicht tun.
Sein Leben der Welt vorführen, die er in einer kleinen New Yorker Studentin sah, die ihm zufällig vor die Füße gelaufen war und die ihn nicht kannte, denn Felix war ortsberühmt für seine Entführungen und hatte schon einmal dafür im Gefängnis gesessen.
Der alte Hauer begann zu brabbeln.
Die New Yorkerin verstand nicht.
Der Weg führte vom See in ausgehauene Räume, von dort in den kleinen und großen Marmorsaal. Auf weißlichem Untergrund schob Felix die Studentin voran ins schwarze Erzlager, weiter in einen unterm schwachen Grubenlicht rotbraun leuchtenden Kupferkiesgang, von da aus – sie krochen teilweise auf dem Bauch – gelangten sie in einen schimmernden Schacht und hielten dort Rast.

Felix hautgrau, brabbelte in wirren abgeschlagenen Stükken, wie er in den Berg gefahren, Glück auf! in den Krieg gezogen, Beifall und Schützengraben, Handgranaten, Minenwerfen, Heilhitler, Volkssturm, Prag Warschau Paris Bauchschuß, die Sehnsucht nach dem Erzgebirge, Tod auf Zeit durch Wundbrand, Kriegsende, woher und wohin des

Weges, das Schicksal ungnädig wirr, amerikanische Gefangenschaft, Blue Mountains, Wald immer wieder Wald, Erdgruben, Höhlenleben, Glück auf! der Steiger kommt, der Bär, Flucht, die neue klirrende Zeit, zwischen Annaberg und Zwickau, Heimat, in die Grube fahren, Kaue und Latrine, Trinkbranntwein Marke *Kumpeltod,* Hunteschieben, Pflichtsonntag, Berggeschrei: Erz für den Frieden, Silikose, Typhus, 'n Barchwark is' kein Erholungsheim! schürfen schlagen Masse schaffen, Rotsilberglanz des Sozialismus, Karbid und Gräupchensuppe, Erz für die Sowjetunion, Schnaps und Rente, die Lüge, womit jede neue Zeit beginnt

»God, please help!«

Jane fiel das Atmen schwer. Nichts hatte sie verstanden. Dieser stockende bohrende Ton. Geschichtsstaub. Abraum ohne Ende.
Kein Übersetzer, kein Reiseleiter in Sicht. Jane wollte um Hilfe rufen, aber die Luft erdrückte ihre Stimme. Die Turnschuh verdreckt und zerweicht. Felix legte dem Mädchen seine Segeltuchjacke über. Es schmiegte sich hinein. Die Luft roch plötzlich knoblauchartig nach Arsen. Felix löschte die Lampe.
Finsternis von solcher Schwärze, daß alles Leben darin zu enden schien.

Jane Linklater, Geschichtsstudentin aus New York, auf Studienreise durch Deutschland, vielwissend, vom Weg abgekommen, begrüßte ihren Tod.
Im erzgebirgischen Schaubergwerk Herkules-Frisch-Glück.

Ohne eine Spur Angst.
In Dunkelheit gelöst. Eingeschlafen. Für immer.
Wie ein Liebespaar, Arm in Arm, mit Felix dem Bergführer.

Akelei und Engelwurz

Er sagte: »Ich bin der Herr Nobis.«
Er legte zwei Hemden auf den Tisch.
»Fünfzig Pfennig, mit Bügeln siebzig«, sagte Mühl-Susanne.
Der Herr Nobis offerierte eine ganz neue Art der Zahlung, indem er ein Weidenkörbchen vorzeigte und Susanne aufforderte, dessen Inhalt zu beriechen. Die Wäscherin blickte den jungen Mann mit skeptischem Blick an und fragte: »Ho'm Se enne Ahning, wu Se hier sei?«
Der Herr Nobis nahm aus dem Korb, was er zu bieten hatte:
Eberesche Wacholder Thymian Brombeerkraut Pfefferminz Pferdeminz Sauerdorn Waldmeister Akelei und Engelwurz.
Susanne überlegte, ob sie Frau Zschiedrich zu Hilfe holen oder sich allein mit dem zahlungsunfähigen Kunden einigen sollte.

Der Herr Nobis legte über alle Zweifel ein Lachen, das so bezaubernd war, daß Susanne Wurzeln und Hemden beiseite schob, sich zu dem Kunden beugte und ihm zuflüsterte, wenn er am Sonntag mit ihr ausginge, würde sie ihm die Hemden kostenlos reinigen.
Heißer Schub Übermut.
Und das bei Mühl-Susanne, der größten Männerfeindin zwischen Ochsenkopf und Fichtelberg.

Herr Nobis hatte rotblondes Haar, das in feinen Strähnen über der hohen Stirn lag, auf die salbeiblütenblauen Augen verwies, den Blick über die Wangen und auf schmale, in spöttischem Grinsen auslaufende Lippen lenkte, um dann im vordringenden Kinn zu enden, den braunen Sprenkeln weiterfolgend über den kräftigen Hals, den Adamsapfel, dessen Anblick Susanne schlucken ließ.
Herr Nobis lachte und ließ den Adamsapfel hüpfen, fuhr mit einer Hand über seine Stirn, und in Susannes Gedanken begannen diese Hände zu wandern, näher näher näher zu ihr hin, sanft nach Wacholder duftend und

Susanne hatte ihre Hand vorgestreckt und den Herrn Nobis an jener Stelle berührt, wo gewöhnlich die Hemdkragen geschlossen werden, aber hier, aber heute, bei diesem Kunden war kein Kragen geschlossen, und Susanne ahnte, daß der Leib vom Herrn Nobis ganz und gar sommersprossengesprenkelt sein mußte.

So begann eine berauschende Liebe.
In Berta Zschiedrichs Waschanstalt. Im Spinnhaus. Im Jahr 1925.

Georg Nobis war Schnapsbrenner.
Er besaß die Spirituosenfabrik »Magengold«, die bereits 1735 von königlich-sächsischen Laboranten in der Nähe von Neuwelt gegründet wurde.
König der Kräuter und Wurzeln.

Der Herr Nobis hatte Mühl-Susanne sofort in seinem Bann, als er die roten Beeren der Eberesche in ihrer Verwandlung als Vugelbeer-Troppn präsentierte.

Sie wusch ihm seine Hemden kostenlos.
Susanne trank bald täglich Georgs Likör. Danach ging sie fröhlich in die Waschanstalt, wusch fremde Hemden mit doppelter Kraft, wusch Georgs Hemden mit doppelter Liebe, ließ sich am Abend von Georgs süßen Witzen bezaubern und von ebenso süßen Getränken.
Nach den Vugelbeer-Troppn waren es Herz-Kirsch, später Angelika-Likör, noch später Pfefferminz; und als Susanne das Herb-Würzige schätzen gelernt hatte, ließ sie sich Kümmel-, Ingwer- und Kalmuslikör und schließlich den vollmundigen Kaffeelikör namens »Neuwelter Luft« servieren.
Plötzlich gab es einen Mann für Mühl-Susanne.

Sie begann zu trinken. Trank sich die alte Feindschaft hinweg. Abends und tagsüber. Tagsüber und abends.
Erst ein Gläschen, dann zwei, dann gleich aus der Flasche, jeden Tag, jeden Abend. Susanne liebte es, beschwipst zu sein, und Georg liebte es auch. Denn dann trugen sie Heiterkeit und Zärtlichkeit fort, und die Waschweibsn kommentierten den bezaubernden Herrn Nobis mit dem Satz:
»Der paßt wie dr Arsch offn Nachttopp.«

Susanne reichte ihr Glück weiter an die anderen Frauen. Bald kosteten alle davon.
Zwischen Wrasen und Bügeldampf krochen köstliche Wölkchen aus Frucht- und Bitterlikören. Sie brachten die Wäscherinnen zum Lachen, ließen aber auch Neid und Sehnsüchten Platz. Mitunter, wenn sich der Lohn für die schwere Arbeit in der Waschanstalt wie von selbst zu verdünnen schien, konnte man hinter Zubern Walkmaschinen

Krausswannen und Bügeltischen hören, wie die Weibsn kühne Sprüche im Mund führten:
»Die Zschiedrichen kennt mol eens off de Rieb kriegn, wemmer net bald unnern Lohn kriegn!«
Als die alte Zschiedrichen jenen süßgewürzte Aufruhr mitbekam, gab es Entlassungen; und nur weil Mühl-Susanne ihre beste Kraft war, blieb sie davon verschont.

Susanne trank allein weiter.
Vom Likör sprang sie auf Kräuterbitter über, später auf Gebirgsklaren und Steinholder.
Georg Nobis hatte es leicht, sie zu nehmen, und wenn er sie nahm, vergaß sie allen Zwang, alle Enge um sich herum. Ihr König machte sie glücklich und dick. Mit kürbisprallem Bauch lief Susanne durch den Ort und zeigte jedem, was sie vom Leben abbekommen hatte.

1927 kam Inge zur Welt.
Zur Feier des Tages, und weil er so einen heilkräftigen Namen besaß, trank Susanne einige Gläschen Schwarzen Balsam: ein starker, nach Harz schmeckender Kräuterlikör, der nach den Strapazen der Entbindung wohltat.
Georg stand an Susannes Bett. Sie hielt den Säugling im Arm.
Aber Inge wollte nicht trinken.
Sie war ein witzig anzusehendes Kind, mit fedrig-rötlichen Haaren und einem Gesichtchen, das Grimassen zog und über das jedermann lachte.
Aber Inge wollte nicht trinken.
Erst vermutete die Hebamme, daß Susanne sich schwanger auf einen Hackstock gesetzt habe, das Kind sei deshalb »hartköpfig« geworden; dann schob sie die Ursache von

Inges Unlust auf den zu geringen Milchfluß der Mutter – aber Susanne hatte genug zum Abpumpen. Man probierte Nuckelflasche und zarte Kopfmassagen. Man kochte eine Wöchnerinnensuppe mit Täubchen, nach uraltem Rezept. Man gab dem Kind einen Arschklaps nach dem anderen, aber Inge wollte nicht trinken.
Schließlich kam dem Vater die Idee, ein paar Tropfen Schwarzen Balsams auf Susannes Brustwarzen zu streichen, und: Inge trank!
Man feierte den Erfolg ausgiebig. Inge gewöhnte sich schnell an die Liebe ihrer Eltern.

Die Spirituosenfabrik hatte Hochkonjunktur.
Sechsjährig durfte das Mädchen Inge in Vaters Betrieb mit den Etiketten der Schnapsflaschen spielen. Wie Stammbuchblümchen reihte sie die bunten flitternden Papiere vor sich auf: die eckigen oder halbrunden wie Kirchenfenster geformten Bauchetiketten, dazu die schmalen Halskleber, auf dem das rote Wappen von »Magengold« goldumrandet prangte.
Inge verlor sich in vierzigprozentigem Kräuterbitter, denn aus ihm strömten die Märchen der ganzen Welt, wenn sie daran nippte leckte kostete und bezaubernd heiter wurde wie kein Mädchen sonst in Neuwelt.
Keiner hielt das Mädchen von Vaters geistreichen Tropfen ab.
Mutter Susanne bemerkte selten, daß es das Töchterchen ihr gleichtat. Und wenn, konnte sie nichts Schlimmes daran finden. Georg vermochte auch nicht zu bremsen und versank in Arbeit und Organisation.

Jeder Tropfen Magengold
Köstlich durch die Kehle rollt

Sonntags, wenn alle drei zusammen waren, pflegten sie ihre Liebe, die allen anderen Lieben in ihrer fröhlichen Stimmung überlegen war.

Der Krieg riß die Liebe auseinander.
Ab 1942 wurde in der Spirituosenfabrik die Produktion auf Methan, Äther und sonstige Industriealkohole umgestellt.
Der Soldat Nobis schickte Feldpost aus Murmansk mit getrockneten Salbeiblüten und lustigen Sprüchen.
Susanne wusch Soldatenröcke und blutige Binden heimgekehrter Verletzter. Sie hoffte, auch Georg würde mit einem Beinschuß nach Hause geschickt werden, aber die blauen Blüten mußten genügen.

Eines Nachts stieg die fünfzehnjährige Nobis-Inge in Vaters Fabrik ein. Kletterte über das Tor, schlich sich an der Mauer des Lagers entlang, stieg durchs Fenster und nahm mit, was sie an Trinkbarem schleppen konnte: sämtliche Restposten von Steinholder und Kalmuslikör.
Sie versteckte die Beute im Keller des Spinnhauses, hinter den Kartoffelhorten, an einer Stelle, wo neun Holzstöckchen auf neun Kreidekreuzen lagen und niemand sich hinwagte.

Inge war Mitglied der Mädelschaft des Neuwelter Gauverbandes. Wie alle schwor sie auf den Führer.
Auf den Feind des Alkohols.

Aber Inge selbst wollte auch Führung übernehmen. Sie spürte die Kraft in sich, Leute mitzureißen, zu begeistern für die neue Zeit. Sie wollte es ihrem Vater gleichtun.
Inge ließ auf dem Heimweg, wenn die Mädelschar hüpfte und sang, eine Flasche mit der Aufschrift »Holundersaft« kreisen. Die Wunderwaffe tat ihre Wirkung.
Manch ein Mädchen schwor dem Führer ab, nachdem es durch Inges Brände klarer sah. Nachdem es die Pflichten und Ängste aus sich herausgelacht hatte und Schnapskönigin Inge vor Dankbarkeit in die Arme schloß – *wir folgen dir!* – denn das Leben war so viel mehr mehr mehr als Dienstbarsein und Mädelschaft –
Inge bekam Macht über ihre Freundinnen. Sie befeuerte sie mit allem, was ihr Wunderkeller hergab.
Bis die letzte Flasche geleert war.
Bis es nichts mehr gab, was Inge zu bieten hatte.
Nüchtern aber schworen die Mädchen wieder auf den richtigen Führer. Sie ließen Inge links liegen. Jemand verpetzte sogar die Glücksbringerin bei der Mädelschaftsführerin.
Es war eine verlorene Schlacht für Inge.
Nie wollte sie nüchtern werden.

Im letzten Kriegsmonat wurde Inge zum Kriegshilfseinsatz beordert. Als Rotkreuzschwester nach Wüstenbrand, in die Nähe von Chemnitz. Sie schenkte vorbeiziehenden Truppen Tee aus und lernte Wunden versorgen. Viele Soldaten kamen ihr unter die Hände: Arme Beine Bäuche Köpfe Münder näherten sich ihr, durstig nach ihrem Mund. Aber Inge schenkte nur Tee aus, erneuerte Verbände, strich Jod über Wunden, zog Fäden, schiente Gebrochenes und Verstauchtes.

Nur selten bekamen Rotkreuzschwestern eine Schnapsration zugeteilt. Geschah es, setzte Inge alle Kraft daran, den anderen ihren Teil abzukaufen. Freiwillig erledigte sie die übelsten Aufgaben, nahm Eiter Kot Tod in Kauf, nur um den scharfen Geschmack des Alkohols auf der Zunge zu spüren.

Als eine Woche lang kein Schnaps aufzutreiben war, begann Inge Äther zu schnüffeln. Das versetzte sie in einen hellen lustigen Rausch. Inge trank. Mild wirkte der Äther und gab Hoffnung darauf, daß alles wieder so werden würde wie bisher.

Aber alles wurde anders.

In der Nacht zum dritten März 1945 standen Christbäume am Himmel über Chemnitz. Blaue rote weiße Leuchtkugeln zischten in bunten Bögen auf und verglühten. Aber im Lazarett, in Inges Kopf klangen Zithern Triangeln Geigen, und während sie sich die Kehle mit Schnaps ausbrannte, sah sie wunderbares Licht, Auf! Auf! sang sie, den Anfang eines alten Weihnachtsliedes, heulte die Geburt des Erretters, des Lichtes der Welt

dann sah sie lauter Engel

denen die Flügel ausgerissen waren, und das Blut klebte wie schwarzer Balsam überall

In Georg Nobis' Spirituosenfabrik wurde nun vornehmlich Wodka produziert. Jahre später nahm man die alte Produktion wieder auf: Herz-Kirsch, Steinholder und Neuwelter Luft versüßten dann den Frieden.

Doch die Fabrik, sie hieß »VEB Magengold«, gehörte jetzt nicht mehr dem Herrn Nobis. Herr Nobis war vom Schicksal abgeschrieben. Die letzte Feldpost von ihm hatten Susanne und Inge 1944 aus der tunesischen Wüste erhalten. Mit Sandkörnern, ohne Salbeiblüten.

Nie wieder trank Susanne einen Tropfen Alkohol.
In grausamer Nüchternheit beschloß sie, ihre Liebe zu vergessen.
Was die Trunksucht ihrer Tochter anbelangte, so sah sie ohne etwas zu unternehmen zu, wie es ihr immer elender ging.

Tochter Inge bekam einen Arbeitsplatz in der Brennerei. Trotz ihres schlechten Blutbildes. Obwohl die Mutter widersprach.
Am 1. Mai 1946 eröffnete Semmelweis-Märrie das Neuwelter Rilpsstübel mit Wodka und dem berüchtigten Grubenfeuer. Inge versorgte die Wirtin bald mit der kompletten Magengold-Produktpalette. Zum Dank dafür durfte Inge manchmal in der Seifenkammer der Kneipe schlafen, wenn sie zu taumelig war, den Weg nach Hause zu finden. Mitunter fand sie sich bei Mutter ein und heulte ihr etwas vor, doch Susanne würgte es beim Anblick der Tochter: sie sah in ihr Nobis-Georg, das große süß duftende Glück, Rothaar, blauer Blütenblick.

Eines Morgens fand der Direktor des »VEB Magengold« seine Mitarbeiterin Inge Nobis im Kräutergarten des Betriebsgeländes. In der Hand hielt sie eine leere Flasche Schwarzen Balsams.
Sie hatte alles ausgetrunken.
Um es nie wieder zu tun.

Zuzug

Mit dem Schnee kamen sie nach Neuwelt.

Den Schnee brachte die letzte Novemberwoche des Jahres 1946.
An einem jener Abende, der vier Uhr nachmittags beginnt, Stockdunkelheit erzeugt und zur Nacht hin heller wird, und der finstere Morgen den Menschen quälendes Erwachen bereitet.

Sie waren aus dem Böhmischen über Crottendorf und Schwarzenberg gekommen. Die Neuwelter konnten ihre Spuren zurückverfolgen. Sie führten über die toten Gleise der Erzgebirgsbahn, verloren sich im Pöhlbach und tauchten östlich hinter Weipert im Gehölz wieder auf.

Hunderte Menschen traten aus dem Wald. Verhüllt und verfroren, schlugen sich stadtwärts, schlurften schleppten sich die Wege entlang. Seit sieben Tagen und Nächten. Das Eis fraß sich in ihre zerschlissenen Schuhe. Koffer Säcke Kiepen wurden geschleppt, als wären Steine daraufgeladen. Am Friedhof hinter der Emmauskirche legte man die Toten ab, um leichter weiterziehen zu können. Obwohl man fast am Ziel war. Ein paar Leute des Trecks verschwanden in der Dunkelheit des Ortes, der sie gerne wieder losbekommen hätte.

Wer und was ist da zu uns gekommen?
Die Neuwelter wollten es nicht so genau wissen.

Sie standen hinter den Fenstern.
Neugierig, aber bis unter die Zungen voller Angst, denn es war ihnen, als würden sie von fremdem Atem umdunstet, als dringe ein neuer, ungeheurer Eiswind in ihre Wohnstuben, in denen noch die Kriegskälte nistete.

Gegen Morgen erreichten etwa zweihundert Leute das Spinnhaus. Ob ihnen die Tür geöffnet wurde oder ob sie sie selbst aus den Angeln hoben – man weiß es nicht

Jeder von ihnen trug ein weißes Armband mit der Aufschrift NÉMCI. Deutsche.

In den ersten Tagen nach deren Ankunft wurden dreizehn Tote mit dem Schlitten abgeholt. Später wurde das Sterben weniger. Einige Kinder und Alte erkrankten an Typhus. Das Frühjahr brachte Krätze und trug böse Winde über das Land.

Zu zehnt hausten sie in einem Zimmer. Zusammen mit alteingesessenen Spinnhäuslern, die ihnen vom Leib rückten, soweit als möglich. Schlafgelegenheit bot selbst eine Küchenbank und die winzigste Dachkammer. Dreimal wurde Berta Zschiedrichs Waschanstalt nach Arbeitsschluß abgeschlossen, damit sich niemand heimlich in die Wäscheberge legte.

Das Dach des Spinnhauses drohte zusammenzurutschen. Schieferplatten hatten sich mit der Schneeschmelze gelöst

und ließen Regen hinein. Krähen versammelten sich in Scharen auf dem kaputten First. An der Eingangstür des Hauses schrieb jemand mit weißer Kreide drei Kreuze.
»Hax, Hax – Krähendrack!« riefen die mutigsten der Neuwelter Kinder, die sich an diesen Ort wagten.
Steinmetz Winkler, den der Krieg reich gemacht hatte, kippte eine Ladung Holzkreuze vor der Tür ab: damit auch jeder eins abbekomme, und das möglichst bald!
Milchmann Stülpnagel verkaufte den Hungernden Käse mit Maden. Bäcker Pietschmann verschimmeltes Mehl.
Sieben Kinder und Alte starben, als Röder-Erna, Besitzerin eines Schweinestalles, den Zugezogenen ihre eiserne Ration vermachte: Gläser mit eingeweckten Pilzen, die, wenn man das Ohr ans geöffnete Glas hielt, leise zischten und summten, als wären sie lebendig.
Die schweigsame Uhlig-Marie, die sonst niemandem etwas tat, pißte auf die Strohmatten jener Familie, die in ihrer Kammer zwangseinquartiert war.
Semmelweis-Märrie warf sie aus dem Rilpsstübel.
Die Weibsn der Waschanstalt stellten die Frauen, die mit ihren fremden Dialekten und ihrem seltsamen Gebaren das Spinnhaus übervölkerten, an den Pranger: die Drachenhuren hätten ihnen die Tischdecken verzogen!
Der Pfarrer betete drei Vaterunser und drei AveLuzifer, bevor er die neue Gemeinde segnete.

Bis der Berg schrie:
Uran für die Sowjetunion!
Mit Schlägel und Eisen bewaffnet, schlugen fortan Umsiedler das Gestein. Allmählich zogen sie fort aus dem Spinnhaus in andere Gegenden. Wo der Geigerzähler anschlug, ließen sie sich nieder. Da wurde geschürft, wurden

Stolln getrieben und Schächte geteuft. Da wurde dienstverpflichtet gelebt und gestorben.
Fern der Heimat.
Vom Spinnhaus nicht weit.

Die Fiedlern

Endlich, zur Jahrtausendwende, beschloß die Gemeinde Neuwelt, das eigentlich abbruchreife und durch seine verdorbenen Geschichten in schlechtem Ruf stehende Spinnhaus zu rekonstruieren.
Da es an Geld mangelte und zudem das neue Nutzungskonzept im Bauamt auf reichlich Skepsis stieß, reparierte die Gemeinde nur notdürftig das Dach, übertünchte den schlimmsten Mauerschwamm und ließ ansonsten alles, wie es war.
Das Tourismusunternehmen *Mountains Future Schwarzenberg*, kurz MFS genannt, verwandelte die Not in eine Tugend und leitete ein zukunftsweisendes Projekt in die Wege: das Spinnhaus sollte zur historisch-authentischen Attraktion werden, Neugierige ins Erzgebirge locken und die leeren Kassen füllen.

Damit war Berta Zschiedrichs Waschanstalt ein Museum geworden.
Aber da sich niemand fand, der echt waschweibmäßige Führungen zu machen in der Lage war, und zudem Rost, Schimmel und Salpeter unbesiegbar im Keller herrschten, schloß man das Museum nach kurzer Zeit.
Der Besucherandrang war ohnedies bescheiden gewesen.

Besser funktionierte es mit einer anderen Idee des MFS:
In jener Stube, in der die Fenster noch halbwegs dicht

waren und der Ofen gut zog, eine Spinnstube einzurichten.
Was konnte es Besseres geben, als in einer ausgedienten Spinnerei den Leuten etwas vorzuspinnen!

Im Jahre 2000 schnurrte im Spinnhaus das erste Spinnrad. Dreihundert Jahre alt. Fußgetrieben von der arbeitslosen Fiedlern, die einer Arbeitsbeschaffungsmaßnahme unterzogen war.
Fiedlern, die in ihrem früheren Leben vollautomatische Ringspinnmaschinen bediente, saß nun vor historischem Rocken und uralter Spindel. Sie nahm den hölzernen Kunkel, drillte und drehte Wolle und Flachs zwischen ihren Händen und auf den Schenkeln, um dann das Material zu spinnen, aufzuwickeln, abzuziehen. Die Knäuel landeten in einem Korb, der sich langsam füllte mit graugelber und wollweißer Ware, dann ausgekippt wurde in den Stubenecken, um Neues zu fassen, Fasern, welche die Fiedlern Stunde um Stunde geduldig im Auftrag des Arbeitsamtes Schwarzenberg und des Tourismusunternehmens MFS aus dem Rocken zog, spindelte drehte wickelte aufwand und ordnete.

Die wenigen Touristen, welche die Spinnstube besuchten, schauten sich die Fiedlern eine Weile an, riefen *Interesting!* und *Nice!*, drehten und wendeten das Gesponnene in den Händen, aber kaufen wollten sie nur selten etwas.

Es gab Tage, da blieben die Touristen ganz aus.
Da saß die Fiedlern allein am Spinnrad und tat, was ihr geheißen wurde. Mitunter war ihr, als liefe draußen jemand den dunklen Flur entlang. Wenn sie die Tür der Stube öff-

nete, schlug ihr nur Zugluft entgegen, denn die Spinnhauswände waren an vielen Stellen rissig.
Die Fiedlern setzte sich wieder ans Spinnrad. Eingemummelt in eine Strickjacke. In Gedanken holte sie sich das vertraute Klappern der großen Maschinen heran, verzwirbelte die alte, im Volkseigenen Spinnereibetrieb verbrachte Zeit, die ihr so angstlos endlos vorgekommen war. Drohten der Fiedlern die Augen zuzufallen, dachte sie an Reisebusse voller Besucher, an die Leute aus dem Westen, an Amerikaner Engländer Japaner, an alle, die aus der Fremde kamen, um in Neuwelt/Erzgebirge ein Stück europäischer Urgeschichte gezeigt zu bekommen.
Um sie, Fiedlern, zu sehen.
Die Überlebende. Die Letzte ihrer Art. Tief in der Gegend verwurzelt, so tief, daß sie verstorbene Geister berühren konnte. Alt wie der Dunkelwald, aber noch nicht alt genug für die Rente.

Stumm arbeitete die Fiedlern auf den Feierabend zu.
Täglich drei Körbe Garn. Das in die Ecke geworfen wurde, auf dem das MFS sitzenblieb. Auf Bergen von Wolle und Spinnzeug. Das über Nacht feucht wurde und zu stinken begann. Das wegmußte.

In einer Nachtaktion verkippte der Chef des MFS-Unternehmens eigenhändig Fiedlerns Arbeit im Wald.
Aber die Natur war zu langsam und konnte den Stoff nicht in dem Maße verdauen, wie er nachgefüllt wurde.
Schließlich wurde das Spinnzeug von Männern eines Abfallrecyclingbetriebes abgeholt und als Sondermüll entsorgt.

Nach einem halben Jahr sprach die Fiedlern auf dem Arbeitsamt vor.
Noch nie im Leben war ihr in den Sinn gekommen, sich über etwas zu beschweren, aber jetzt drängte es sie zur Klage. Sie wollte sagen, ihre derzeitige Arbeit habe keinen Zweck, keiner wolle, was sie herstelle, wirklich verkaufen. Deshalb werde sie das Spinnrad nicht wieder anrühren und lieber den Wald fegen, als –
Aber die Fiedlern, nachdem sie lange Schweigeminuten vor dem Beamten stand, sagte nur:
»Im Wald geht widder der Bär im.«
Der Beamte seufzte, zuckte mit den Schultern. Das wußte er: jaja, im Alter, da werd ma halt narrisch, aber arbeiten muß der Mensch, und Gesetz ist Gesetz!

Die Fiedlern hatte einen Vertrag mit dem Arbeitsamt.
Die Recyclingfirma hatte einen Vertrag mit *Mountains Future Schwarzenberg*. Entsorgung der Fiedler'schen Produktion. Für ein ganzes Jahr.

Als sich die Fiedlern am nächsten Morgen im Finsteren aufmachte, von der Pflicht an der Hand gepackt wie immer, leuchtete der Schnee in milchigem Weiß aus sich heraus. Sie mußte plötzlich anhalten, weil vor ihr etwas auf dem Weg lag. Ein erfrorenes Wildschwein, dachte sie. Die Fiedlern spürte das Herz im Hals klopfen. Vorsichtig stieß sie mit der Stiefelspitze an das Ding.
Und traf auf Weiches Warmes Wohlriechendes.
Das Tier stand auf. Zweimeterhoch im Wald, zweihundert Meter vom Spinnhaus entfernt, stand und brummte und trat mit einem Schritt auf die Fiedlern zu. Sie fühlte die Krallen an ihrer Strickjacke zerren. Hielt die Luft an. Die

Schnauze drängte an ihren Mund. Scharfen Brodem roch sie. Er hat Ameisen gefressen, dachte die Fiedlern, da spürte sie, wie sich das Tier brummend an sie schmiegte, sie kurz und sanft drückte und sich ins Gebüsch davontrollte.

»Du heilicher Bimbam«, flüsterte die Fiedlern und rannte den Weg zurück in den Ort. Spurtete durch den Schnee, bis sie auf dem Geringsberg die ersten Lichter sah, stürzte an der Schule vorbei, an der Kirche, am ersten Bus, der nach Schwarzenberg fuhr, aufs Polizeirevier.

Polizei!!

Die Polizisten konnten die Spur des Bären zurückverfolgen: immer parallel zur Spur der Fiedlern. Sie führte geradewegs zum Spinnhaus, kehrte wieder um, verlor sich im Wald, fand sich dort wieder und dort.

Der Arbeitsbeschaffungsmaßnahmevertrag wurde aufgehoben.

Das Spinnhaus für den Besucherverkehr gesperrt.

Der Jäger in Bereitschaft versetzt.

Die Geschichte von der Fiedlern und dem Bären aber wurde von einem Mitarbeiter der Firma *Mountains Future Schwarzenberg* aufgeschrieben und in einem Büchlein festgehalten. In altdeutscher Schrift, mit Holzschnitten versehen.

Es verkaufte sich so gut, wie sich noch nie ein Buch in dieser Gegend verkauft hatte.

Der Dutt

Das Haar wurde am Abend, wenn sich Fräulein Charlotte Sonntag zur Ruhe begeben wollte, abgenommen: die Nadeln herausgezogen, der Fitz mit dem Kamm gelöst, der Dutt vom Kopf entfernt, geschüttelt und auf einen hölzernen Ständer vor den Spiegel gesetzt. Charlotte Sonntag bürstete ihr Haar von hinten nach vorn: schüttelte die Haarlackkrümel und den Staub des Tages heraus. Bevor sie zu Bett ging, gab Charlotte dem Dutt einen Kuß.

Der Dutt war echt. Echt Menschenhaar. Graubraun, etwas dumpf und glanzlos vom Alter. Der Dutt war das Haar von Fräulein Charlotte Sonntags Mutter:
Rosa Sonntag, gebürtig aus Neuwelt, gestorben 1944 in Ravensbrück. Sie trug einen roten Winkel und die Nummer 12 993. Die vor dem Lager als Lehrerin an der Chemnitzer Schloßschule arbeitete und Englisch Französisch Russisch beherrschte. Die streng an Gott glaubte. Deren Mann vor Warschau im Feld blieb. Die dem »Weltfriedensbund der Mütter und Erzieher« angehörte und eine Taube als Abzeichen trug. Die Frieden, nur Frieden wollte, und ihre Schüler wußten das. Die als »Hochpolitische« abgeführt worden war.

Zusammen mit zweitausend anderen Frauen hatte sie in der Siemens-Kolonne des Konzentrationslagers Spulen

gewickelt. Zwölf Stunden täglich an den Spulenwickelmaschinen, Spulen Spulen Spulen, von denen sie erst nicht wußten, wozu sie gut waren, dann aber von Rosa erfuhren, daß sie für eine »Wunderwaffe« benötigt wurden, und plötzlich verschwanden massenhaft kleine Plaste-Spulenkörper, wurden Spulen angesägt, Schrott abgeliefert, die Leistungskurven auf den Karteikarten manipuliert. Rosa betrieb, scheinheilig-dienstbeflissen, auf Englisch Französisch Russisch Sabotage im Werk. Keiner schöpfte Verdacht, bis Bibi Svoboda, ein Mädchen aus Prag, dem um die Augen tiefe Falten gewachsen waren und das wegen Untauglichkeit »auf Transport« geschickt werden sollte, Rosa Sonntag an den Meister verriet.
Vor Bibi wurde Rosa auf Transport geschickt.
Von dem sie nie wieder zurückkehrte.

Die dreizehnjährige Charlotte, die zu dieser Zeit bei ihrer Großmutter an der Neuwelter Hammerbrücke lebte, bekam eines Tages ein Paket zugestellt. Darinnen fand sich ein braunes Knäuel, fast ein dreiviertel Pfund schwer:
Mutters Haar.
Großmutter sagte den Tod an. Wie es seit hundert Jahren üblich war, teilte sie dem Vieh, den Obstbäumen im Garten, dem Griesebach und dem Wald den Tod ihrer Tochter mit. Großmutter tröstete auch Charlotte über den Tod hinweg. Ihr erzählte sie von Engeln und der »schienen Leich«, und daß Mutter jetzt dort sei, wo es ihr gutginge.
Seit dieser Zeit beschloß Charlotte, das Leben ihrer Mutter weiterzuführen. Sie wollte ihr nah, für immer ein Teil dieser Frau sein und all das Unglück rächen, das sie erfahren hatte.
Sie glaubte nicht an Großmutters Märchen.

Charlotte setzte sich Mutters Braunhaar auf ihre hellen Locken und steckte sie mit Klemmnadeln fest.
»Sei ner nette su kinnisch«, sagte Großmutter. Dann mußte sie zusammen mit ihrer Enkelin die Tränen aus den Augen wischen.

Fräulein Charlotte Sonntag: seit 1955 Grundschullehrerin an der Neuwelter Schule.
Sie trug einen Turm auf dem Kopf.
Die Erstkläßler, zu denen auch Tänner-Achim gehörte, schossen auf den Turm mit kleinen roten Gummis, welche sich bei einem guten Treffer in den herausspießenden Haarnadeln verfingen, bei einem schlechten hingegen nur gegen den Bau prallten und dann zu Boden fielen. Die Schüler hatten Fräulein Sonntag vom ersten Schultag an fest im Griff. Zur Strafe für ihre Gummisalven hatte die Lehrerin nicht mehr zu bieten, als die Kinder reihum in der Ecke stehen zu lassen, damit sie sich *schämen.* Wenn die Kinder lachten, mußte Fräulein Sonntag weinen.

Roscher-Jörg war der Sohn eines Helden.
Einmal deckte er mit einem Schuß den kompletten Turm von Fräulein Sonntags Kopf ab. Die Lehrerin erlitt einen Heulkrampf. Der Direktor drohte der Klasse, die bevorstehende Aufnahme in die Pionierorganisation auf einen Zeitpunkt zu verschieben, an dem die Schüler würdig wären, die Gebote der Jungpioniere zu erfüllen.
Jungpioniere wollten sie alle werden.
Am Tag, als Fräulein Sonntag wieder vor der Klasse erschien, ohne Dutt diesmal, nur mit auftoupiertem, von Lack steifem Haar, saßen die Schüler brav in den Bänken. Sie verhielten sich so leise und vorsichtig, daß man

das Knarren des alten Holzes hörte, den Wurm aus Großelterns Zeiten, der sich durch die Bänke arbeitete. Mit gesenkten Köpfen saßen die Kinder und starrten, um nicht zu kichern, auf die Tintenkleckse, eingeritzten Inschriften und Witzmänneln, die die Tischklappen seit Generationen zierten und die von ihnen um neue erweitert wurden.

Roscher-Jörg war ein Held.
Er besaß einen alten Lederranzen, den er vor den Augen seiner Mitschüler als Kostbarkeit behandelte.
»Das ist der Ranzen meines Großvaters, der Ranzen vom Roscher-Max!« erklärte er und verwies mit jedem Satz auf die Existenz des revolutionären Helden aus dem Erzgebirge, der sein Leben im Kampf gegen den Faschismus geopfert habe. Nach dem Strumpffabriken Textilkombinate Brigaden Ehrenhaine benannt wurden.
Auch die Pioniergruppe von Fräulein Sonntag sollte den Namen »Max Roscher« tragen. Zu diesem Zwecke wurde eine Klassenfahrt geplant.

Roscher-Jörg machte sich Tänner-Achim zum Freund.
Er schenkte ihm, da er von Achims Sehnsucht wußte, eine Postkarte aus Berlin. Handgeschrieben vom Vorsitzenden des Staatsrates Walter Ulbricht. Auch wenn es in Wahrheit die Schrift des verrückten Meder-Andreas war, die (in Jörgs Auftrag) die Postkarte füllte, glaubte Achim an das, was Jörg sagte. Jörg, der Held, war glücklich, so gut gelogen und einen Bewunderer gewonnen zu haben.

Die Klassenfahrt ging nach Pockau.
Die Schüler trafen sich auf dem Schulhof. Frühling war,

der Rotdorn blühte, und nach Marzipan duftende Märzschnecklinge schoben sich bereits durchs Gras.
Wie für fast alle Kinder, war auch dies Tänner-Achims erste Reise, die über Neuwelt hinausging. Schon in der Kreisstadt Schwarzenberg, wo sie in den Zug stiegen, überkam ihn kribbelnde Zuversicht, jetzt würde er ins große Weltgeschehen hineinreisen. Zusammen mit dem Sohn seines Helden. Schon als der Zug losfuhr und die Kinder unter Anleitung von Fräulein Sonntag Lieder sangen, wußte Achim: kein Glück wird je das Glück dieses Momentes übertreffen.

Roscher-Jörg war der beste Sänger.
Die Stadt war bald verlassen. Die Diesellok ruckelte und schnaufte. Behäbig legte sich der Zug in die Kurven, fuhr im Schrittempo über Brücken, durch Tunnels und Bahnhöfe
hielt an
lud Leute aus und ein in Raschau Markersbach Scheibenberg; hatte Verspätung in Schlettau. Aufenthalt in Annaberg; ratterte mit seiner fröhlichen Ladung weiter, Ehrenschleifen und dem großen Versprechen entgegen *Wir tragen die blaue Fahne, es ruft uns der Trommelklang!* in Wiesenbad und Wolkenstein standen Achim und Jörg nebeneinander am Fenster, winkten, ließen die *jungen Herzen glühen* in Scharfenstein und Zschopau, wo die Klasse umsteigen mußte in einen anderen Zug, *Oh Arzgebirg wie biste schie, ne treiche Bemm un Schwamme-Brie,* und weiter ging's, weiter unter dem Dirigat von Roscher-Jörg, der Fräulein Sonntag auf ihren Platz verwies und sich von Schülern Schulbrot und Kekse schenken ließ, der jede Station laut ausrief, als es von Zschopau südwärts ging über

Krumhermersdorf Lengefeld Rauenstein *Seid bereit, ihr Pioniere, wie Ernst Thälmann, treu und kühn!* sang Fräulein Sonntag, und Roscher-Jörg setzte laut und deutlich hinzu:
»Wie Max Roscher treu und kühn!«

Es war Mittag, als die Klasse in Pockau ankam. Ohne Verzug ging es in die Gedenkstätte, wo bereits ältere Pioniere sowie Mitglieder der Patenbrigade warteten.
Die Feier begann. In dieser Minute passierte es.
Fräulein Sonntag überfiel eine schwere, nie gekannte Müdigkeit. Als hätte man ihr Blei in den Kopf gegossen. Sie saß in der ersten Reihe, den Dutt sorgsam toupiert, ganz erfüllt von Feierlichkeit – da klappten ihr die Augen zu. Den alten Mann, der etwas über Max Roscher erzählte, konnte sie schon nicht mehr erkennen. Fräulein Sonntag stürzte ab. In weiter Ferne, die sie in schmerzhafte Machtlosigkeit versetzte, vernahm sie das Rauschen *oscher oscher oscher*, nun sollte auch Fräulein Sonntag etwas sagen und dann fordern, daß die Schüler aufstehen mögen und nachsprechen: Wir Jungpioniere lieben unsere Deutsche Demokratische Republik. Wir Jungpioniere lieben unsere Eltern. Wir Jungpioniere lieben den Frieden. Wir Jungpioniere singen, tanzen und spielen gern …
Fräulein Sonntag flüsterte im Wegkippen:
»Wir Jungpioniere sind müde. Wir Jungpioniere geloben zu schlafen zu schlafen zu schlafen …«
Der Dutt drückte Fräulein Sonntag auf den Kopf. Bleihaar. Von Mutter, die wie Max Roscher im Konzentrationslager gestorben war, an die aber nur sie sich noch erinnerte. Der Lehrerin wurde schlecht vor lauter Anstrengung, erwa-

chen zu wollen. Im Traum hörte sie den Chor singen: *Immer bereit!*
Das Gelöbnis war gesprochen.

Roscher-Jörg war nichts entgangen.
Er gab Fräulein Sonntag eine Verwarnung.
Er informierte seinen Vater und den Direktor der Schule.
Er schoß seiner Lehrerin den Turm vom Kopf.
Er forderte für sich das rote Halstuch der Leninpioniere.
Er bekam es.
Er knaupelte die Ecken des Tuches an, ebenso seine Fingernägel, bis sie entzündet waren.
Er weinte manchmal.
Als sich Freund Achim einmal ungehorsam ihm gegenüber zeigte, sagte Jörg ihm die Wahrheit: es gibt keine Postkarte von Walter Ulbricht. Es gibt kein Berlin.
Er hätte sich am liebsten selbst den Mund verboten.

Eines Abends, als sich Fräulein Charlotte Sonntag zur Ruhe begeben wollte, ließ sich der Dutt nicht mehr vom Kopf nehmen. Festgewachsen war er auf dem eigenen Haar, untrennbar verknotet und verfilzt. Fräulein Sonntag entfernte die Nadeln, bürstete ihre füllig gewordene Tolle von hinten nach vorn, schüttelte die Lackkrümel und den Staub der Jahre heraus.
Dann legte sie sich zu Bett und zog die Decke bis zum Kinn.

Sie hatte Angst vor dem Schlaf.

Kino

Im Sommer 1968 kam das Kino nach Neuwelt.
Auf dem Anger baute man eine Leinwand auf, stellte Stühle und Bänke aus der Turnhalle davor und lud die Anwohner nach Anbruch der Dunkelheit zum Freilichterlebnis.
Alle kamen sie.
Jung und alt – Leute aus der ganzen Gegend strömten zusammen. Selbst aus Grünstädtel Griesebad Sachsenfeld reisten sie mit Kissen Decken Bierflaschen an.

Gisela, Tochter vom Steinmetz Winkler, und Sofie, Tochter vom Milchmann Stülpnagel, erwarteten das Kino am heißesten.
Tagelang vor dem angekündigten Ereignis waren sie damit beschäftigt, Männerhemden, Hosen und Stiefel zu organisieren und ihre Zopffrisuren knabenhaft umzugestalten. Heimlich standen sie vorm Spiegel, zogen Röcke und Kleider aus, schlüpften in Jungenkleider hinein, steckten die Zöpfe hoch, träumten davon, sie einfach abzuschneiden und mit streichholzkurzem Haar ein neues Leben zu beginnen.
Sie hatten Bücher gelesen:
»Tom Sawyer« »Lederstrumpf« »Silbersee« »Robinson« »Pinocchio«, auch französische englische russische Romane, tausendseitendicke Wälzer, Märchen Gedichte Geschichten, Atlanten Bildbände Reiseberichte – die Mäd-

chen versanken in der Lektüre, die sie über die heimatlichen Dörfer und Städte trieb, übers Land hinaus, über Ozeane und Jahrhunderte hinweg
in buntes lebendiges Gewimmel
voller Könige Cowboys Zaren Zauberer Piraten
mit Pferden Schiffen Zeppelinen, in Raumschiffen und Unterseeboten flohen die Mädchen aus ihrer Schul- und Schürzenwelt, lasen sich aus dem langweiligen heimischen Dunkelwald in heldengesättigtes Glück der Abenteuer.
Jede Woche brachten Gisela und Sofie Kiepen voller Bücher aus der Städtischen Bibliothek nach Hause. Ihre Mütter und Väter, die durch die schwere Ladung die Küchentische blockiert fanden, sagten kopfschüttelnd:
»Dimmer gieht's nimmer.«

Es wurde der DEFA Indianer-Film »Die Söhne der großen Bärin« gegeben.
Gisela und Sofie saßen auf der Wiese. Gegen den Protest der Eltern hatten sie sich als Burschen verkleidet: in Hemd und Hosen, während sich alle anderen Mädchen ihres Alters aufgeputzt in schönsten Sommerkleidern zeigten.
Kein Junge interessierte sich für Gisela und Sofie.
Mit Leseratten wollte ein Junge hierorts nichts zu tun haben, und wer so aussah wie die –!
Der Film begann, als die ersten Sterne über Neuwelt standen.
Jede Minute war großartig für die Mädchen auf der Wiese.
Sie begehrten alles, was nunmehr bunt in Breitwand zu sehen war:
Wie kühn die Männer den Pferden aufsaßen und davonpreschten in staubiger Prärie mit Pfeil und Bogen, geölten Muskeln und starren hakennasigen Gesichtern.

Wie stolz und mutig sie waren!
Wie schön groß wild Wälder und Berge sein konnten!
Wie beleidigend klein dagegen Geringsberg, Krähenhübel oder der Lauknersknochen erschienen.
Wie dumpfbäurisch und knurrig die Menschen hier waren, wo es doch eine andere, wirkliche Welt gab – Amerika!

Gisela und Sofie waren einander aufs innigste verbunden. Auch glaubten sie zu wissen, was Liebe sei, denn sie hatten viel davon gelesen.
Gisela gestand als erste, verliebt zu sein. Und zwar in den Hauptheiden des Filmes: den jugoslawischen Schauspieler Złatko Tontič. Sofie sagte, den hätte sie sich schon ausgesucht, viel eher als Gisela, aber da man Freundinnen sei, würde sie sich einen der Nebenindianer zum Liebsten wählen. Der war zwar nur halb so siegreich und weniger naturgebräunt als Złatko; auch sprach er ein wenig sächsisch, nannte sich aber »reißender Bär« und traf somit durchaus Sofies Vorstellung vom Glück.

Der Film brachte den Mädchen ausbrecherische Gedanken.
Breitbeinig wie Männer saßen sie auf der Wiese, schwärmerisch und verliebt, während der Film unter wahnwitzigem Sternenhimmel seinem Ende zuging.

Nichts sollte so bleiben, wie es war.
Es mußte einen Weg geben, von Neuwelt wegzukommen und in die Rocky Mountains überzusiedeln. In eine echte Männerwelt, wo es weder Schule Pioniere Steinmetze noch Milchmänner gab. Zu Złatko und den anderen Indianern und Cowboys.

Schon hatte Sofie mit Vaters Bartschere ihre Zöpfe abgeschnitten und sich mutig präsentiert.
»Su en Russenkopp!« rief Mutter Stülpnagel, und der Milchmann zog seiner Tochter vor Schrecken ein paar mit dem Teppichklopfer über. Ohne eine Träne zu vergießen, wie sie es im Film gesehen hatte, überstand Sofie den Angriff.

Gemeinsam mit Gisela wollte sie nun für die Freiheit üben. Die Mädchen gingen zuerst zu Röder-Erna und baten die Alte, ihnen eine Zeitlang zwei Ziegen zu überlassen. Gisela und Sofie boten der Rödern dafür Timurhilfe an.
Sie bastelten aus Stöcken und Schlüpfergummi Pfeil und Bogen.
Sie steckten sich Hühnerfedern ins Haar.
Sie bauten aus Decken und Wäscheklammern einen Wigwam.
Sie aßen aus Schmalzfleischbüchsen Bärenfleisch.
Sie ritten auf den Ziegen.
Sie schlossen Blutsbrüderschaft.

In den Sommerferien liefen sie durchs Gebirg.

Rucksäcke gepackt, in den Jackentaschen: Messer und Kompaß. Gisela und Sofie wußten nur, daß sie sich leiten lassen wollten. Vom Weg, vom Wald, vom Zufall. Sie liefen den Weg, der nicht nach Neuwelt hineinging, nicht zur Bahnstation, sondern jenen Weg, der hinter dem Spinnhaus weit hinaus führte. Sie fanden Heidelbeeren, brieten über offenem Feuer Pilze, besetzten Baum- und Felshöhlen und standen bald mit Fichten Tannen Kiefern gut. Tief in den Wald hinein begaben sich die Mädchen. Froh war ihnen zumute, obgleich sie im Inneren eine juckende Furcht befiel. Sie wußten nicht, was sie erwartete. Das Bekannte, ihre Heimat, zeigte sich auch an diesem Tag in seiner ganzen Beharrlichkeit. Bleibt! schien sie zu sagen. Gewiß waren Gisela und Sofie die einzigen Siebzehnjährigen, die allein mit Rucksack eine Wanderung ohne festes Ziel unternahmen. Am Griesebach machten sie die erste Rast, erfrischten die Füße im herbstkalten Wasser und hörten dem Rauschen des Windes zu. Immer weiter weg drängten sich die Gedanken an Eltern und Schule. Bis diese Gedanken verschwunden waren. Von schräg oben drang Sonne durch das Nadelgezweig, flatterte durch Büsche und Unterholz. Die Mädchen fanden Farne, die bis zu den Hüften reichten. Moose, die wie faule grünbefellte Tiere im Weg lagen. Nach etwa zwei Stunden ging der ihnen bekannte Wald über in neues Areal. Sie liefen über Wiesen und Felder. Mieden Siedlungen, Dörfer schon ganz und gar. Sie wollten nicht unter Menschen. Tiefer in den Wald, Berge hinauf, der Untere Sachsenstein, einen halben Kilometer himmelhoch, vor dem Städtchen Lauter der Lauknersknochen, man könnte hinaufsteigen und Ausblicke übers Land genießen, aber Gisela und Sofie waren Wanderer ohne Ziel. Sie gingen durchs Gebirg, liefen, kletterten, brachen in Unterholz und Gebüsch – aber das Gebirg blieb ihnen klein. Sie wußten nicht, was mit ihnen los war. Diese schöne, walderhabene Heimat mit ihren Tälern Hügeln Bauden, den weltberühmten Erzvorkommen, wo man auf Granit geht und Schiefer losschlägt, Basaltkuppen, die herrlichen Rundsichten, Radiumbäder – es war den Mädchen nicht genug. In ihren Augen waren die Berge keine Berge mehr. Der höchste, der Fichtelberg: kaum, daß er die Tausendmeter überragte. Gisela und Sofie suchten das Große. Die erste Nacht verbrachten sie, eingehüllt in Schlafsäcke, in einer offenen Waldhütte. Nach ihrem Gefühl mußten sich die Mädchen kurz hinter der Stadt Lauter befinden. Sie froren die Nacht über, und ihnen schien, das Getier des Waldes hatte sich um die Hütte versammelt, um ihnen höhnisch ihre Ängstlichkeit vorzuhalten. Am nächsten Morgen zogen sie weiter. Gegen Mittag mußten sie den Wald verlassen und im Dorfkonsum etwas zum Essen kaufen. Sie waren gut bei Kräften. Wollten voran. Weiter, weiter, gegen die immer kleiner schrumpfenden Berge, kaum noch Hügel, die mehr und mehr in Bedeutungslosigkeit versanken, Touristenhügelchen für Rentnerreisegruppen, aber keine Berge! Die Mädchen schlugen sich Richtung Aue, mieden aber, wie sie es sich vorgenommen hatten, die Stadt. Sie wählten den Weg rechts der Zwickauer Mulde. Ab und zu begegneten ihnen andere Wanderer, aber sie grüßten nicht, wie es der Brauch war. Gisela und Sofie wollten ihren Weg mit niemandem teilen. Sie träumten die Rocky Mountains. Am zweiten Abend beschlossen sie, eine feste Unterkunft zu suchen. Obwohl am Tag die Sonne schien, wurde es gegen Abend empfindlich kalt. Sie ließen den Dürren Berg hinter sich, schafften es, den Lößnitzbach zu überqueren, den gelb ausgezeichneten Wanderweg zum Hirnschädel hin, der mit seinen albernen 500 Metern Höhe Größe erwecken wollte – und schließlich gelangten die Mädchen in ein Dorf. Es gab nur wenige Häuser und eine bergige Straße, auf deren Höhe ein geschlossenes Gasthaus die Wanderinnen zurücktrieb. Sie schlugen einen schotterigen Seitenweg ein. Die Fenster der Häuser schienen alle dunkel, sie konnten nicht hinter die Gardinen sehen. Die Mädchen selbst kamen sich vor, als strahlten sie von innen, aber keiner wollte ihr Licht, ihre Wärme haben. Sie befanden sich in einer anderen Zeit, hatten viel gelesen, waren mit einer alten unerlaubten Sprache ausgestattet und hatten Gedanken, die gegen jede Neuerung, gegen jeden Fortschritt gingen. Und dennoch hielten sich Gisela und Sofie für Gestalten der Zukunft. Sie erreichten das Pfarrhaus. Ein finsteres geducktes Häuschen mit mürbem Schindeldach, auf dem junge Tannen wuchsen. Sofie klopfte ohne abzuwarten, denn sie war sterbensmüde, und die Füße waren voller Blasen. Das Haus war geschlossen. Die Mädchen rollten sich in ihren Schlafsäcken zusammen und übernachteten vor der Tür des Pfarrhauses, und es wurde ihnen ganz kalt und übel von der nebligen Nachtluft. Am Morgen liefen sie weiter. Einmal glaubte Gisela, als sie einen Wegweiser OBERPFANNENSTIEL 6 KM las, man würde zurückgehen. Mit zitternden Händen bemühte sie den Kompaß. Sie schlugen den Weg nach Norden ein. Vorbei an den Städtchen Lößnitz Affalter Gablenz, rechts an Stollberg vorbei über Hoheneck. Sie schliefen in Bushaltestellen oder Felsenhöhlen. Es war kalt, aber ein Indianer kennt keinen Schmerz. Die Wälder wurden rarer und kahler, die Berge noch kleiner. Dichtbesiedelt das Land zwischen Lugau Hohenstein-Ernstthal Wüstenbrand. In Röhrsdorf rochen die Mädchen Karl-Marx-Stadts Chemie. Vier Tage waren sie schon unterwegs. Sie wollten hinaus, Großes sehen und sich erkunden, was es an Leben gibt. Auch wenn sie per Fuß und nicht zu Pferde die Gegend durchmaßen, bildeten sie sich ein, bald das Land unbegrenzter Freiheit zu erreichen. Kurz hinter Burgstädt, wo sich die Wanderinnen Richtung Zwickauer Mulde schlugen, stand ihnen doch auf einmal ein Ziel vor Augen. Sie befanden sich am Rande der Chaussee, die nach Penig führte, hatten gerade Birnen geklaut, ihre Herzen rasten. Und sie waren erfüllt von einer fast schmerzhaften Zuversicht, in der nächsten Stunde dort anzukommen, wo sich alles eröffnete, was sie sich erträumt hatten. Sie liefen eine halbe Stunde die Straße entlang, durch Wald, an einem See vorbei, über die Mulde, abermals kamen eine Straße und Häuser in Sicht! einen halben Kilometer noch, bis sie vor dem Ortsschild standen: AMERIKA.

Das Kino kam von nun an jeden Sommer nach Neuwelt. Ein Jahr nach ihrer Amerikareise heiratete Stülpnagel-Sofie Jochen, den jüngsten Sohn des Steinmetzes Winkler. Als Buchhalterin in Schwiegervaters Betrieb blieb ihr nur noch wenig Zeit fürs Lesen. Manchmal, am Wochenende, nahm sie ein Buch zur Hand und verflüchtigte sich für ein paar Stunden in die Welt der Liebe und Abenteuer.
»Dimmer giehts nimmer«, sagte Jochen.
Bald hatte Sofie das Lesen ganz hinter sich gelassen.

Winkler-Gisela aber packte die Koffer.
Sie zog fort aus Neuwelt.
Meldete sich nach Moskau an die Druschba-Trasse, wo sie zur hochbezahlten Ingenieurin ausgebildet wurde.
Sie verliebte sich in einen russischen Dolmetscher.
Vom Heiraten wollte sie nichts hören.
Gisela war für die Abenteuer der neuen Zeit.
Sie wußte, was kommen wird.

Im Teig

Zu Weihnachten kommt das Heilige in jede Erzgebirgsstube: der Glaube ans Urständige, das Wissen um die Wurzeln:

Heiligobnd Kurrende Räuchermännchen Nußknacker Engel & Bergmann Pyramide Schwibbogen Christbaum Weihnachtsmann Knecht Rupprich Neunerlei – und Butterstolln

Mit dessen Herstellung begannen die drei Spinnhäuslerinnen, Barbara, Katharina und Margaretha, die so alt waren, daß sie keinen Nachnamen mehr für sich beanspruchten, stets in der letzten Novemberwoche.
Sie waren berühmt für die besten Stolln des Erzgebirges. Und hartnäckig uneinsichtig in ihrer Absage, wenn sie jemand vom Backkombinat Schwarzenberg fragte, der das Rezept wissen wollte, gleichgültig, ob der Exportplan ins westliche Ausland erfüllt werden könnte oder nicht.

Barbara besorgte die Zutaten: Rosinen Korinthen Rum Zitronat Mandeln Zitronen Mehl Hefe Zucker Milch Salz und Butter schaffte sie mit der Kiepe heran. Hundertjährig buckelte sie die Waren von der Konsumverkaufsstelle den Geringsberg hoch zum Spinnhaus und lud alles auf dem Küchentisch ab.

Am Anfang badete Katharina die Rosinen in Rum. Sie war halb blind und hatte ihr Alter vergessen. Eine Nacht lang prüfte sie dann den Zustand der Beeren, gab vor, jede Stunde kosten zu müssen, und war am Morgen des Backtages völlig beschwipst.
Und Katharina sprach:
»Ä guts Bornkinnel werd kumme!«
Da übernahm Margaretha, die von den Weibsn die Hundert am weitesten überschritten hatte, fröhlich das Mischen der Rumrosinen mit den anderen Zutaten. Sie hackte das Zitronat, rieb die Schale der frischen Zitrone, gab süße und bittere Mandeln dazu und mischte das Ganze mit einem Holzlöffel gründlich durch. Auch übernahm sie die Zubereitung des Vorteiges, siebte andachtsvoll Mehl in eine Schüssel, bröckelte Hefe hinein, gab Zucker und lauwarme Milch darüber – und sah nach zehn Minuten Ofenrast, daß es gut war.
Und Margaretha sprach:
»Ä guts Bornkinnel werd kumme!«
Und Barbara schlug den Teig auf einem Holzbrett, daß es krachte. Und knetete und walkte den Teig glatt und glänzend.
Und in der Stunde, in der der Teig aufging, saßen die Weibsn am Küchentisch und machten zwei große Lichter an: eins, das den Tag regiere, und ein kleines Licht, das die Nacht regiere.
Da wurde aus Abend und Morgen der nächste Tag.
Und Katharina griff in den Teig, goß Milch, schnipste Butterflöckchen dazu, ließ abermals das Brett krachen, sang *Nu saaht när die drei Butterstolln* und riß den Teig in drei Kugeln, legte diese in bemehlte Schüsseln und mischte das Mehl mit der Füllung.

Und draußen vor dem Fenster stieg ein Stern überm Spinnhaus auf.
Su langk wie de Ufenbank!
Und Margarethe, die Älteste, formte aus dem Teig die Stolln, *Un wenn mer die gegassen haben* drückte, richtete die süße Masse, spürte der Form der Windel des Bornkinnels nach und
Nort sei mer alle krank
Sechs heilige Hände strichen über die länglichen ineinandergeschlagenen Teigstücke, befühlten sie, ließen das Kindlein in jeder Mandel, jeder Rosine entstehen, der nun auf ein Backblech gelegt und für anderthalb Stunden in den Ofen geschoben wurde.
Nach dem Backen bestrich Barbara die heißen Stolln mit Butter.
Immer und immer wieder, bis alle Butter aufgebraucht war. Streute dick Zucker darüber und bedeckte die Wundergeburt schließlich mit einer Lage Puderzucker.
Und die Alten sahen, daß es sehr gut war und

verließen am Heilig Abend das Spinnhaus. Durch Neuschnee liefen sie den Weg hinunter in den Ort, schlurften hutschten kräbelten, auf Stöcke gestützt, eingepackt in winterfestes Strickwerk.
Barbara zog den Schlitten.
Im Schlitten die Stolln in Decken gewickelt, rutschfest verschnürt, denn sie hatten einen holprigen Weg vor sich.

Aufgeschnitten wurde im Rilpsstübel.
Wie jedes Jahr hatte Semmelweis-Märrie zu sich geladen, wer kommen wollte: Einsame und Wärmesuchende, Stammkunden und Hungrige. Wie jedes Jahr wurde der

Stolln sehnsüchtig erwartet. Mit dem ersten Schnitt durch den Zucker begann das Fest. Man saß zusammen aß und lobte das himmlische Gebäck.

Der heilge Geist ist kommen, der süße Gottessohn
Des freun sich alle Frommen am höchsten Himmelsthron.

Einmal im Jahr rückte man hierorts so zusammen, daß man glauben wollte, nur für diese Stunden zu existieren.

Versuchungen

Einmal im Monat gab es eine Schülerdisko, die vier Uhr nachmittags begann und am frühen Abend endete. Im wimpelgeschmückten Speiseraum stand die Musikanlage. Der Diskosprecher bediente sie.
Roscher-Jörg hatte sein Blauhemd übergezogen und war verantwortlich für Musik, Brause, Bockwurst und zweihundert Schüler.

Er ließ sie tanzen.
Selbst verachtete er das Herumgehopse Armgeschlenker Kindsgeknutsche. Tanz, so hatten ihm Vater Mutter Tanten Lehrer beigebracht, mache den Menschen zum Hampelmann, befreie ihn von jedem Stolz und verderbe ihn für die großen Aufgaben der Zeit. Großvater, der Held, hätte nie im Leben getanzt.
Jörg versuchte es zu glauben. Er hörte die Stimmen, die auf ihn einsprachen. Diese von harscher Zärtlichkeit tönenden Stimmen, die es gut mit ihm meinten, und sie waren gut, hielten ihn, zeigten ihm, wonach er sich zu richten hatte. Roscher-Jörg wurde nicht allein gelassen.
Er haßte Tanzen.
Auf der anderen Seite fühlte sich Jörg als König: er legte Platten auf, gab durchs Mikrophon Ansagen und empfand, wenn die Schüler sich auf der Tanzfläche mehr balgten als tanzten, die süße Macht des Regierens:

Kinderfest und Tanzmusik
Ein ganz großes Kuchenstück
Großen Spaß bei einem Spiel –
Alle Kinder lachen viel!

Der Nachmittag wurde von den Schülern der ersten bis fünften Klasse vertanzt. Der frühe Abend gehörte den Älteren. Sie erschienen, nachdem die Kleinen die Schule verlassen hatten, trugen Niethosen und bunte Dederonhemden. Sie legten herablassende, sehr erwachsene Blicke auf, und Tänner-Achim sagte zu Jörg:
»Spiel ja nich sieche bleede Musik!«
Jörg erschrak. Er erschrak immer sofort, wenn jemand etwas zu ihm sagte. Das Blut erhitzte sich, stieg, von Scham getrieben, dem Jungen zu Kopf, ließ ihn zittern, beinahe heulen – aber Sekunden später wußte Jörg wieder, wer er war, und tat, was man von ihm verlangte.
Er machte eine kurze Pause, kramte im Koffer und holte in Packpapier eingeschlagene Schallplatten hervor.
Roscher-Jörg ließ es beginnen. Er hatte alles parat, was man brauchte, um glücklich zu sein.

Es dauerte, bis die ersten wirklichen Tänzer die Tanzfläche betraten. Die schöne Kitty aus der Siebten nahm sich den schönen Ingo aus der Zehnten. Damit kürte sie sich selbst zur Schulkönigin. Alle Jungen wollten nur noch mit Kitty tanzen, aber die Königin schnipste sie mit lippenrotgeschminktem Lächeln von sich bis auf Ingo, der echte Jeanshosen trug, Kaugummi kaute und öffentlich Zigaretten rauchte.
Jörg legte auf:

Ach, wärst du doch in Düsseldorf geblieben!
Schöner Playboy, du wirst nie ein Cowboy sein!

Beifall.

So sah das Glück aus: Ingo und Kitty engverschlungen, dann die anderen, Achim mit Anke, eng eng, Jörg sah verschwommenen Blicks die sich anbahnenden Lieben, eng eng, die Brüste unter den Nickies der Mädchen, er schloß die Augen, hörte nur noch, was er selbst auflegte *Ach, wärst du doch in Düsseldorf geblieben!* Jörg riß die Augen auf und wollte plötzlich dabeisein. Hinein sich stürzen in das, was er haßte, denn er kam sich glücklos verloren vor auf seinem Posten, er wollte sich doch auch verlieben, wenngleich ihn diese Vorstellung vor Scham zerriß, denn Verliebtsein war eines Kämpfers unwürdig.

Jörg hielt Ausschau nach dem, was noch zu haben war.

Fast alle Mädchen waren vergeben.

Bis auf die dicke Mottlern und Sabine, die Brillenschlange.

Wieder erschrak Jörg. Diesmal vor sich selbst: denn mit heftigem Entschluß trat er plötzlich hinterm Musikpult hervor, auf den schönen Ingo zu, der sich noch immer mit Kitty umschlungen wiegte. Roscher-Jörg fragte die Königin:

»Tanz'mer?«

Kitty lächelte nicht einmal. Sie befühlte nur mit nagellackroten Fingern Ingos Jeanshintern, führte sie unter Jörgs geweitetem Blick um Ingos Hüfte herum, und versprach ihrem Erwählten absolute Treue:

»Heit läß'mr de Sau raus!«

Jörg legte die Platte neu auf. Alle Mädchen vergeben.
Eng eng die Luft im tanzenden Speisesaal, eng eng verschlungen alle und alles, *Arizona Man, Arizona Man! Darf dich nicht sehn, darf nicht mit dir gehn!* eng zu eng die Chancen für Roscher-Jörgs Herz. Er mußte es noch einmal versuchen, denn schließlich war er hier der König, und wenn er will, könnte er den Stecker aus der Steckdose ziehen und alles auf einen Schlag beenden.
Aber er wollte nicht.
Roscher-Jörg wollte die Liebe. Stellte sich auf einen Stuhl und spähte durch den Raum.
Hinten, bei den Tischen der Sechskläßler, saß die kleine Marina.
Busfahrer Zeibigs Tochter, die nicht bei den Pionieren war und nicht in der Freien Deutschen Jugend sein wird, die beim Schulappell in der hintersten Reihe stehen mußte, weil sie eine Christliche war.
Jörg hatte sich Marina erkoren.
Auf einen Schlag. Die oder keine.

»Tanz'mer?«
Für Roscher-Jörg war plötzlich alles ganz weit geworden. Er spürte Marina im Arm, ein Kind noch, aber *Nimm uns mit, Kapitän, auf die Reise,* sie war bezaubernd und aufgeregt, weil sie das eigentlich nicht durfte: tanzen, schon gar nicht sich mit einem Jungen einlassen, auch wenn die Eltern erlaubt hatten, daß sie auf die Disko geht *nimm uns mit, in die weite weite Welt!*
»Komm!« flüsterte der König des Abends seinem Mädchen ins Ohr.
Alle starrten das Paar an: den Sohn des Helden und die Christliche. Die Schüler bildeten einen Kreis um die Tan-

zenden, klatschten im Rhythmus der Musik, *Wohin geht, Kapitän, deine Reise?* und sie lachten und pfiffen Roscher-Jörg aus, aber er merkte nichts mehr in seinem Glück, das er auf so leichte Weise gewonnen hatte, fast zu leicht für einen Helden. Er zog die kleine Marina fest an sich. Sie ließ es sich gefallen, trotzdem sie ihr Gesicht an ein Blauhemd drückte, was ganz gegen ihren Glauben lief, aber in diesem Moment hatte auch sie alle Verbote vergessen und sah nur noch den Jungen Jungen Jungen

Um sieben Uhr abends erschien Direktor Amzoll im spiegelkugelschimmernden Speisesaal. Er hatte von einem Schüler die Meldung bekommen, hier würde falsche Musik gespielt.
Amzoll kassierte Roscher-Jörgs Schallplatten ein und schüttelte enttäuscht den Kopf: von ihm, der einen so berühmten Großvater besaß, hätte er *diesen Dreck* nicht erwartet.
Roscher-Jörg erschrak.
Er war der König und durfte sich nicht stürzen lassen.
Als der Direktor den Saal verlassen hatte, zeigte Jörg ihm einen Vogel.

Um acht Uhr holte Zeibig seine Tochter mit dem Bus von der Diskothek ab. Sie winkte ihrem König noch zu, als der Bus schon an der Lutherstraße um die Ecke gebogen war.
Jörg stieß vor Freude die Faust in die Luft.
Von nun an war er vergeben.
Von nun an würde ihm keiner mehr etwas anhaben können!

Jörg organisierte Jugendstunden der FDJ.
Marina besuchte die Christenlehre.
Jörg meldete beim Fahnenappell dem Direktor die Anwesenheit der Klassen.
Marina stand in der letzten Reihe.
Sie sah ihren Helden. Es schlug ihr das Herz unterm Kinn.
Sie schwieg, wenn die Schüler den Gruß *Für Frieden und Sozialismus, seid bereit!* erwiderten mit *Immer bereit!*
Jörg konnte gut organisieren, aber ihm fiel das Lernen schwer. Er war versetzungsgefährdet.
Marina bestand die siebte Klasse mit Auszeichnung.
Aber eine Christliche durfte nicht ausgezeichnet werden.
Jörg versuchte in jeder Hofpause, Marina zu begegnen. Sie wich ihm aus, suchte gleichzeitig seine Nähe, umkreiste, machte ihn toll vor Liebe.
Direktor Amzoll fragte bei Zeibigs vor, ob Marina, um später Abitur machen zu können und weil sie die Klassenbeste sei, denn nicht doch in die Freie Deutsche Jugend …
NEIN! lautete Zeibigs Antwort.
Marina wuchs in Jörgs Augen zur Heldin.
Sie stand außerhalb dessen, was alle für Pflicht hielten.
Und sie liebte ihn, wie er sie liebte, dessen war Jörg sich sicher.
Er wollte ihr so nah sein, wie es nur ging.

Eines Tages beschloß Roscher-Jörg, fromm zu werden.
An jenem Sonntag morgen, da er den Entschluß gefaßt hatte, läuteten die Glocken von Neuwelt lauter als je zuvor.
Jörg stand in der Küche, trug seinen Jugendweiheanzug und suchte im Radio nach klassischer Musik. Seine Mut-

ter, die schon viel Sonderbares von ihrem Sohn ertragen mußte, griff ihm an die Stirn, um zu testen, ob er Fieber habe.
Jörg nahm diese Berührung als ein erstes Zeichen von oben.

Die Kirche betrat er, indem er sich zwang, ein heiliges Gefühl zu spüren.
Die Kirche war kühl. Roch nach Holz Wachs Räucherkerzen. Jörg atmete tief, um den ihm unbekannten Geist in sich aufzunehmen. Er versuchte, Marinas klugen Blick nachzuahmen und das düstere Licht, in das er getaucht war, als angenehm zu empfinden. Die Augen geschlossen, erwartete der Junge, daß die Angebetete vor ihm erschiene. Schon sah er im kaleidoskopischen Licht der bunten Bleiglasfenster ihr Bild. Wie festgenagelt schwebte es über ihm. Schön, beruhigend, wie die Bilder, die über seinem Bett hingen und denen er vertrauen konnte.
Als Jörg die Augen wieder öffnete, war Marinas Bild verschwunden. Er wartete.
Nichts geschah.

Die Kirche füllte sich mit sämtlichen Alten, die die Gemeinde Neuwelt zu bieten hatte: knorrige Weibsn und deren murrige Ehemänner; eingepackt in Mäntel und Tücher, hundert- oder tausendjährig, Familien, deren Mitglieder, selbst wenn es Kinder waren, in Jörgs Augen ein hohes Alter besaßen.
Dann erblickte er Marina. Sie war mit ihren Eltern gekommen und trug das Haar zum Zopfnest geflochten. Jörg fürchtete sich vor dem Augenblick, da er erkannt und im Kreis der Kirche begrüßt werden würde, denn er war ja im

Ort als Enkel eines Kommunisten berühmt: seinen Namen trugen Strumpffabriken Textilkombinate Brigaden Pioniergruppen Ehrenhaine.

Roscher verdrückte sich in die hinterste Bank.
Vergrub den Kopf in den Armen, beschloß, den Anblick der Alten zu vergessen, Marina wieder in seiner Traumwelt zu begegnen und den neuen Geist nur durchs Gehör aufzunehmen.
Der erste Ton, der ihn meinte, war ein Hüsteln. Barbara Katharina Margarethe, die drei unsterblichen Weibsn aus dem Spinnhaus, hatten sich neben Jörg plaziert, ihm ein Buch in die Hand gedrückt und befohlen, die Augen zu öffnen.
Auf schwarzem Leder die goldene Schrift:
SEI FEST IM GLAUBEN!
Roscher-Jörg beschloß, sich daran zu halten.

Die Kirche war nur bis zur Hälfte gefüllt.
Jörg wagte kaum, sich umzusehen, denn die knorrige Barbara hatte schon zur Nachbarin geflüstert:
»Der Gung vom roten Roscher bei uns in Gottesdienst – wos is denn itze luus!«
Dann begann es.
Der Pfarrer redete etwas, das Jörg nicht verstand, weil es im Hall des Kirchenschiffs unterging. Aber er ließ sich vom zitternden Echo gefangennehmen, war froh, daß er nichts verstehen mußte, und wartete auf den Einsatz der Orgel. Deren Klang, das wußte er von Marina, würde ihn zu Gott tragen.
Doch neben Jörg saß das Hüsteln.
Katharina, unterm Kopftuch ein Gesicht wie ein Hefe-

knoten, schlug das Buch für Jörg auf und tippte mit dem Finger auf eine bestimmte Stelle.
Die Kirche sang.
Jörg ließ sich ins anschwellende Raunen fallen, in die Gemeinschaft, die er suchte, die *ihn* suchte, und er sah das Bild des Großvaters über dem Altar, im Rahmen hinter Glas, wie es über seinem Bett hing, und das Bild des lächelnden Lenins erschien, dann das des Vaters, das sich zwischen die brummenden Gesänge schob, als wolle es Töne annehmen, und Jörg sang, das heißt: summte mit, versuchte, die Töne zu treffen, und Katharina hüstelte und tippte mit knorpeligen Fingern auf die Buchseite:
»Hier! Hier!«
Jörg hatte Mühe, die Schrift zu entziffern: *Es ist noch Raum in Jesu Wunden / für mich, der ich verwundet bin.*
Der Junge bewegte die Lippen. Aber immer war ihm die Gemeinde im Text voraus. Hatte er *Da hab ich meine Ruh gefunden / da sieht mein Herz mit Freuden hin* gesungen, waren die anderen schon bei *Da werd ich armer Kranker heil / da find ich auch das beste Teil.*
Jörg konnte nicht folgen.
Über ihm tanzten Großvater Vater Lenin
Der Pfarrer, das Jesuskreuz tanzte –

Tränen schossen Roscher-Jörg in die Augen. Er versuchte zu beten. Er wußte nicht, wie das ging. *Großvater, ich bitte dich, sag mir …*
Aber was? Wohin jetzt? Was war noch zu sagen. *Marina, ich bitte dich, sag mir …*
Glücklicherweise erklang wieder die Orgel.
Und wirklich: die Musik trug ihn davon, ließ den Jungen

vergessen, woher er kam, und die Frage, wohin er gehen würde, beantwortete er selbst mit einem klaren:
Zu Gott.
Der Organist spielte Fugen und Choräle, ließ alle Pfeifen und Register zu Jörgs Erbauung ertönen, ließ die marinasehnsüchtigen Gedanken in einen höheren Sinn auffliegen. Und Jörg begann im Inneren zu tanzen, als würde ihm eine neue unschlagbare Macht aufspielen, die Diskothek Gottes mit endlos spiraligen fugenblutschwingenden Rhythmen –
Der Pfarrer redete etwas, das Jörg auch weiterhin nicht begriff. Er hörte von Jesus, dem König der Juden; und er hörte vom König, als sei er selbst gemeint, von sich hörte Jörg den Pfarrer sprechen *Sei gegrüßet, lieber Judenkönig!* sang der Chor und *Sehet, welch ein Mensch!* Und wieder sprach der Pfarrer, und die Weibsn neben dem Jungen hüstelten, alt wie der Miriquidiwald. Als Jörg die Hände zum Gebet faltete, erblickte er die helle Erscheinung Marinas genau neben sich. Das Amen wurde gesprochen. Als man sich zum Segnen die Hände reichte – Jörgs Linke in Barbaras Altweiberkralle, die Rechte aber in der Hand Marinas – da wußte er: Es war vollbracht.

Wie besoffen verließ Jörg die Kirche.
Wie besoffen erlebte er die folgenden Tage.
Saß mit gläsernem Blick und schwerem Kopf in der Schulbank und konnte dem Unterricht nicht folgen.
In der Hofpause verfolgte er Marina. Sie bekreuzigte sich, wenn er sie gefaßt hatte.
Morgens nahm Jörg die Bilder über seinem Bett ab. Kam Vater von der Arbeit, hängte er sie wieder an ihre Stelle. Heimlich las er die Bibel.

Die Jugendstunden der FDJ schwänzte er, für die Disko war Jörg nicht mehr zu haben.
Jörg begehrte Marina so heftig, daß er Fieber bekam. Mutter schickte ihn zu Dr. Latermann in die Poliklinik, um sich untersuchen zu lassen. In der Tat zeigte das Blutbild entzündliche Veränderungen an. Drei Wochen lang schluckte Jörg Antibiotika und betrank sich an der Liebe zu Marina.
Er wußte: er war ihr König und würde sie besitzen.

Einen Tag vor Silvester war es soweit.
Jörg packte die Geliebte in der Dämmerung.
Sie war mit Freundinnen auf der Rodelbahn am Lauterer Förstel. Jörg, abseits hinterm Gebüsch versteckt, sah, wie sie mit dem Schlitten den Berg hinabfuhr, rotgesichtig erhitzt – und in dem Jungen stieg eine Hitze auf, die er nicht mehr in der Gewalt hatte.
Er faßte Marina, als sie noch einmal den Berg nach oben wollte und die Freundinnen ihr voraus waren – packte sie am Anorak, riß sie hinters Gebüsch, nahm ihr den Schal ab und knebelte das Mädchen.
Es ging alles sehr schnell.

Der Hintereingang der Emmauskirche war durch ein Vorhängeschloß gesichert. Jörg öffnete es mit einer Stopfnadel. Er zog die stummgemachte Marina in den Flur des Gemeindehauses, tastete sich in der Dunkelheit durch den Gemeindesaal ins Hauptschiff der Kirche.
Es roch nach erkaltetem Weihnachten.
Über ihnen die Orgel, die Kanzel, die tanzenden Bilder

Jörgs Atem ging schnell.
Er hielt Marina im Arm und versuchte sie warm zu reiben.
Sie weinte unter dem Schal, aber Jörg sagte:
»Als ich den Herrn suchte, antwortete Er mir und errettete mich aus all meiner Furcht.«
Marinas Leib zuckte. Sie wollte sich freimachen. Jörg war stärker und zog sie hinter sich her.
Auf die Kanzel.
Ganz nach oben.
Marina stolperte, sie zitterte, und Jörg flüsterte:
»Fällst du, so stürzt du doch nicht, denn der Herr hält dich fest an der Hand.«
Schließlich standen sie auf der Kanzel.
Jörg hielt das Mädchen fest. Entknebelte es. Marina wollte schreien, aber Jörg drückte ihr seine Lippen auf den Mund, erst zart, sanft, dann fest und unerbittlich. Er suchte in Marina nach seiner Liebe, während sie leise weinte und betete *O hilf, Jesus!* und Jörg half, indem er dem Mädchen den Anorak aufriß und seine Hand unter den Pullover schob, *sieh mich an!* weiter hinauf, bis zum Himmel des Glücks, dann wankte die Kanzel, das Portal öffnete sich, Licht strömte in die Kirche.
Da wußte er, daß es zu Ende war. *Alles hat seine Zeit.*
Jörgs zitternde Hände versuchten, den Reißverschluß an Marinas Anorak wieder zu schließen. Versuchten, die Tränen ihr vom Gesicht zu wischen und ihr den Atem wiederzugeben. Sie folgte ihrem König und dem Licht vor das Tor.
Der verschneite Kirchplatz. Erste Silvesterknaller krachten in Neuwelts Straßen.
»Nicht bös sein bitte nicht bös sein bitte sag daß du mir nicht bös bist Marina bitte …«, stammelte Jörg.

Mit flatternden Fingern strich er dem Mädchen über das zerzauste Haarnest. Sie begann wieder zu weinen. Ein gottserbärmliches Schluchzen drang aus dem Mund der kleinen Zeibig-Marina, aber dann schaffte sie es, ihrem König einen Kuß zu geben.
Ein Sekundenkuß, von dem Jörg zurückzuckte, als sei er vom Teufel verabreicht.

Er ließ Marina stehen.
Rannte einfach davon. Mitten in der Nacht. Hörte noch, wie ein Bus hupend die Friedrich-Engels-Straße heraufkam, vor der Kirche hielt, aber sah nicht mehr Vater Zeibig, wie der seine Tochter an sich riß –
Jörg sah, fühlte nichts mehr, schwitzte und fror.
Man hatte ihn zu Hause schon vermißt. Wo er sich um diese Zeit noch herumtreibe, fragte der Vater.
»Ich weiß nicht«, sagte Jörg.
»Dir wird's schon noch einfallen«, brüllte es aus allen Zimmern. Als hätten die Eltern Besuch. Als würden sich augenblicklich die Türen öffnen und viele Leute auf Jörg zutreten und ihm sagen, wo er sich herumgetrieben habe.
Jörg schloß sich in seinem Zimmer ein. Legte sich aufs Bett. Sah die Bilder vom Staatsmann Großvater Vater. *Sieh sie dir an!*

Das erste Bild, das Roscher-Jörg von der Wand nahm, war das des lächelnden Staatsmannes. Er schnitt die Pappe an der Rückseite des Rahmens auf, zog das Bild hervor, zerriß es und warf es in den Papierkorb. Ebenso verfuhr er mit den Fotografien von Großvater und Vater. Dann zog Jörg die Bibel unter der Matratze, wo er sie heimlich versteckt hielt, hervor und warf sie zu den Bildern.

Jörg verließ sein Zimmer. Im Bad wusch er sich das Gesicht mit kaltem Wasser. Er blickte in den Spiegel und erschrak.

»Verdammisch«, sagte er. »Koh'mer dann nie allein sein?«

Die Mordgrube

Als um die Mitte des 14. Jahrhunderts der Bergbau um Schwarzenberg in höchster Blüte stand, war es üblich, daß die Bergleute an Feiertagen bei den Zechenhäusern zusammenkamen und tanzten.

Als nun einst im Jahre 1350 bei einer Zeche hinter dem Geringsberg wieder ein solch öffentlicher Reigentanz abgehalten wurde, ging gerade ein Priester mit einer Monstranz vorüber. Dieser wollte zu einem Kranken, um ihm die Beichte abzunehmen.

Obwohl nun der Glöckner das übliche Zeichen mit dem Glöckchen gab, achtete keiner der Tanzenden darauf. Lediglich der Fiedler, der zum Tanze aufspielte, beugte die Knie, um dem heiligen Sakrament die Ehre zu erweisen.

Wegen dieses Frevels hat sich die Erde aufgetan und die gesamte Gesellschaft lebendigen Leibes verschlungen. Nur der Fiedler konnte sich auf einem kleinen Hügel so lange halten, bis man ihm zu Hilfe kam.

Daraufhin aber stürzte auch dieser Hügel ein.

Von den Tänzern hat man nie wieder etwas gesehen.

Von dieser Zeit an, wird erzählt, hat sich an diesem Ort nie wieder ein nützlicher Bau vornehmen lassen.

Der Schnitt

Hubert, Sohn des Staatsanwaltes Karl Adolf Kasten, nahm seinen Heimweg von der Schule stets mit kleinem Umweg über die Talstraße, wo Bäcker Pietschmann für ihn eine Tüte Kuchenrindel bereithielt. Kuchenrindel, die die Bäkkersfrau mit stumpfem Messer schlangenförmig von den Rändern der Backbleche abtrennte, in Papiertüten füllte und sie Kindern und anderen bedürftigen Kunden kostenlos über den Verkaufstisch schob. Jene knusprigen, mitunter leicht angebackenen Teigreste, die als am köstlichsten galten, wenn sie noch von der Fruchtfülle des Kuchens etwas behalten hatten:
Hubert liebte vor allem Kirsch- und Pflaumenkuchenrindel. Süßsaftig trugen sie Reste Sommersonne in sich.

Der Junge träumte dem Sommer nach.
Er träumte oft, träumte sich zurecht, was ihm für sich als zu schwach bemessen schien. Sein Dasein in dieser Wohlhabenheit, das er wie einen Kaffeewärmer übergestülpt empfand, dieses Elternhaus, das nicht wie andere Elternhäuser von gebirglerischer Demut, sondern von Anspruch und Ehrgeiz zeugte. Dieser Vater, der in dunklem, von brokatgewebter Macht gefertigtem Anzug neben seiner Kanzlei auch das Haus regierte. Und Mutter Hannchen, die fortwährend Bücher mit klassischer Literatur las oder Blockflöte spielte oder – ganz seltsam! – vor dem Spiegel Hüte ihrer umfangreichen Hutkollektion probierte: bunte

oder hellfedrige Gebilde, die keiner Mode, keinem Gebrauch entsprachen, die Mutter, jenseits des wirklichen Lebens, wohl etwas wie eine leichte heitere Entspannung brachten.

Hubert wollte das alles nicht.

Er wollte vor allem nicht wie Vater werden: nicht diesen festen Gang, nicht diese Rechthaberei, nicht diesen unerschütterlichen Blick. Er bedauerte Mutter, die als ein unerfülltes Wesen durch das Haus trippelte: der Blick ernst, gleichermaßen ironisch, aber leer und hilflos. Nur wenn sie heimlich einen ihrer Hüte trug, ertappte sie der Sohn in einer Art Leidenschaft. So wollte er nicht werden. Aber Hubert verspürte auch keine Lust, wie die anderen Jungen seines Alters in Zeltlagern, auf Geländemärschen oder beim Schießunterricht dem Jungvolk zu dienen.

Hubert hatte es am liebsten, am Schwarzwasser zu sitzen und dem Lauf des Flusses zu folgen, dem, was dahingeht, glänzend friedlich zaubrich. Oder er träumte sich als Kuchenschneider in Pietschmanns Bäckerei.

»Man muß wissen, in welche Gesellschaft man geboren ist«, sagte Vater, »also reiß dich zusammen!«

Nach solchen Worten fühlte sich Hubert wie in leeren Kartons zurückgelassen. In seinen Träumen richtete er sich ein.

Hubert aß die ganze Tüte Kuchenrindel auf.

Währenddessen lief er die Talstraße zurück, an der Schule vorbei, wo ihm die Kinder vom Schulhof hinterherriefen: Kartoffelkluuß! Fettbemm! Tanzbär!

Hubert aß aß aß

Und hatte es nicht nötig.

Sein Zuhause war eine Villa auf halber Höhe des Henneberges. Ein Gründerzeitbau mit hohen bogenförmigen Fenstern, unter denen sich Wappen und Stuckornamente rankten, Halbsäulchen mit byzantinischen Kapitellen die Wände verzierten und auf dem Dach ein Wetterhahn die Windrichtung anzeigte.

In der Villa wartete Mutter auf den Jungen. Die kleine ernste Frau umarmte ihren Sohn jedesmal, als wäre sie erleichtert, daß er den Weg von der Schule zurück unverletzt überstanden hatte. Hubert fror bei diesen Umarmungen und verhielt sich steif starr biestig, ohne es zu wollen.

Hubert stand jeden Mittag satt vor der Tür: eine Tüte Kuchenrindel im Magen, obwohl Vater Mutter Dienstmädchen ihm streng untersagt hatten, sich vor dem Essen den Leib vollzuschlagen, schon gar nicht mit irgendwelchen Bäckereiabfällen, die seien Schweinen Juden Spinnhäuslern vorbehalten, und Hubert sei doch

der Sohn eines Staatsanwaltes.

Diese Tatsache führte sich der Junge jedesmal, wenn Vater nach dem Mittagessen wieder ins Amtsgericht nach Schwarzenberg gefahren war, selbstquälerisch vor Augen.

Er wollte nicht wie Vater werden.

Er betrat dessen Arbeitszimmer. Er fürchtete und betrat es. Er wollte den Atem anhalten, um nicht Vaters Geruch in sich aufzunehmen, und gierte dennoch danach, das zuckrige, belebende Gift zu inhalieren: diesen Geruch nach Papier Leder Holzpolitur. Diesen Machtduft, der vom Parkett über den löwenfüßigen Schreibtisch aufstieg, sich im Spalier der Briefablagen Ordner Tintenfäßchen, schließlich im Klimperkörper des Kronleuchters verfing und in drohenden Schwaden dem Jungen Hubert sagte:

Du auch.
Du mußt ein würdiger Nachfolger von Karl Adolf Kasten werden.
Im Auftrag des Oberreichsanwaltes beim Volksgerichtshof
Im Auftrag des Reichsministers der Justiz
Im Auftrag des Staatsministers der Präsidialkanzlei
Im Auftrag der Generalstaatsanwaltschaft …
Ein Schreiben nach dem anderen nahm Hubert von Vaters Tischplatte. Mit zwei Fingern faßte er die Papiere, roch an ihnen, hielt sie gegen das Licht, buchstabierte die Briefköpfe und spürte Angstwellen gegen sich schlagen.
Hubert wußte nicht, wovor er sich fürchtete.
Es klang nur alles so sonderbar, was er da las.
Hubert träumte, zerträumte, was in ihm an Ängsten aufstieg.
Er beherrschte so etwas.
Das Arbeitszimmer mit den deckenhohen Bücherregalen, den braunen gesteppten Ledersesseln, den Landschaftsbildern an den Wänden, der metallenen Adler-Schreibmaschine – dieser Raum, der Vater gehörte, der Vater darstellte – Hubert stand in seiner Mitte:
ein dicklicher, stillgemüter Junge, der einen schleppenden Gang besaß, die Schultern nach vorn gebeugt, die Beine leicht X-förmig, die Füße platt, zum Schlurfen gedacht.
Du auch!
Sohn des Staatsanwaltes!
Aber Hubert betrat Vaters Arbeitszimmer nur, um es wieder verlassen zu können. Hatte er nach seiner Inspektion die Tür hinter sich geschlossen, fühlte sich Hubert aus der Gefangenschaft entlassen. Dieser Moment war, neben dem des Verspeisens der Kuchenrindel, das schönste Gefühl des Tages.

1942 feierte Hubert Kasten seinen siebzehnten Geburtstag.
Vom Arbeitsdienst zurückgestellt, obwohl er in Jungvolk und Hitlerjugend
tüchtig treu tapfer
alle Stationen mitgetrottet war. Selbstverständlich. Der Sohn vom Staatsanwalt. Obwohl er mit seinen X-Beinen und dem Schlappgang nichts zustande gebracht hatte, als in mürrischer Einfalt nachzubeten, was den Heranwachsenden als Forderung stand:
Jugend muß Schmerzen ertragen. Es darf nichts Schwaches und Zärtliches an ihr sein. Das freie herrliche Raubtier muß aus ihren Augen blitzen. Stark und schön muß sie sein.
Es gab Pflaumenkuchen und Schlagsahne und siebzehn Kerzen und Mutter, die auf der Blockflöte spielte und Vater, der Hubert am Abend in sein Arbeitszimmer führte und ihn in einen Ledersessel plazierte und ihm über den Kopf strich und *mein lieber Junge* sagte und ihm mitteilte, daß er etwas für ihn gefunden habe, das ihn stärken und ermuntern würde.

In der Reichshauptstadt Berlin.
Genauer: in Berlin-Plötzensee.
Es hätte ihm, Vater, lange Telefonate und noch längere Briefkorrespondenz mit guten Bekannten gekostet. Aber er hätte es geschafft: im Herbst beginne die erste wirkliche Lebensstation des Hubert Kasten.
Hubert sah seinen Vater an und nickte. Er wußte nicht, warum er nickte. Er nickte einfach, es war gut so, er nickte nickte
Vaters Arbeitszimmer roch nach Bohnerwachs Politur Karbol. Ein ausgemachter Geruch, dem sich Hubert fügen

mußte. Plötzlich fürchtete der Junge, sich nie wieder aus diesem Sessel erheben zu können. Wie festgeklebt saß er da und starrte Vater an, der ihm ein Geschenk überreicht hatte, von dem er noch gar nicht wußte, woraus es bestand. Aber das er annehmen mußte.
Das Geschenk Zukunft.
Das Geschenk, das ihn aus der Neuwelter Villa, vom Bäkker Pietschmann, seiner sonderbar ernsten Mutter, von seinen schlurfenden Dumpfheiten, aus seinen Traumzimmern vertreiben würde.

Das freie herrliche Raubtier.

Hubert vermochte nichts weiter in Erfahrung zu bringen über das, was ihn in Berlin-Plötzensee erwarten sollte. Vater hatte eine Überraschung vorbereitet. Für eine gewisse Zeit. So lange, bis sich der Junge gestählt mit den Aufgaben eines künftigen Rechtsanwaltes vertraut gemacht hätte. Erst Erfahrung, dann Studium.
Plötzensee – als Hubert Mutter danach fragte, zuckte sie mit den Schultern, neinneinnein, sie wisse nicht, welche Verbindungen ihr Mann besitze, sie kenne auch Berlin nicht, sie wünsche nur, Hubert würde gesund zurückkehren. Ihretwegen, auch ein wenig aufrechtgehender vielleicht.

In Vaters Arbeitszimmer stand der Große zwölfbändige Brockhaus.
Stark und schön.
Hubert hatte geträumt. Von einem kleinen See mitten in der fernen Stadt Berlin. Mitten in der Stadt des Führers. Plötzensee. Plötzen, las Hubert in Band zehn des Brockhaus, sind kleine anspruchslose Schwarm- und beliebte

Angelfische. Genannt auch Rotauge, Rutilus rutilus, mit silbernen Seiten, weißem Bauch, rötlichen Flossen und Augen …

Hubert war beruhigt.

Er träumte die Nächte bis zu seiner Abreise von kleinen rotäugigen Fischen. Er hatte keine Lust, sich wie Vater dem Studium der Gesetze zu widmen. Aber den aufspringenden Gedanken, sich gegen Vaters Willen nicht nach Berlin zu begeben, verwarf er sofort wieder.

Im November 1942, am Tag des Abschieds, trug Mutter Hannchen einen Hut aus violetter Seide, perlenverziert, hermelingefüttert, mit einer goldenen Schnur versehen. Hubert konnte sich nicht helfen: er mußte über Mutters Aufputz lachen. So sehr, daß ihm Tränen über die Wangen liefen. Dann heulte er mitten im Lachen, dann lachte er aus dem Geheul heraus, dann umarmte er Mutter, dann wollte er sie nicht mehr loslassen, dann machte Vater dem Zirkus ein Ende.

»Der Junge ist Weihnachten wieder bei uns«, sagte er.

Karl Adolf Kasten war von einer Bestimmtheit, die alle Zweifel außer Kraft setzte.

Zwei Tage später, fünf Uhr morgens, betrat Hubert Kasten die Hinrichtungsstätte des Strafgefängnisses Berlin-Plötzensee.

Mit einem Motorrad war er aus seiner Pension abgeholt worden. Mit dem ersten Schritt in das von einer sechs Meter hohen Mauer umgebenen Gefängnisareal spürte er einen scharfen Schnitt durch seine Traumader, so daß er gar nicht über den unerwarteten Ort zu erschrecken vermochte. Er wunderte sich nicht einmal.

Hubert schlurfte ein wenig beim Gehen. Die Plattfüße ließen einen strafferen Schritt nicht zu. Roettger, sein Begleiter: ein bulliger Joppentyp, der ständig Zigaretten zwischen den Lippen zerschmatzte, stieß dem ihm Anvertrauten in die Seite.
»Lange Schicht heute. Für dich erstmal: nix als gucken.«

Hubert sah seinen eigenen Atem. Weiße Wölkchen in der frischen Luft. Er sah ihnen nach, wie sie dem Mund entstiegen, auf die unverputzten Backsteingebäude Kurs nahmen und sich in der Luft auflösten. Träume Träume
Die sich durch die Schnittstelle seiner Seele quälten und in wirren Eindrücken versprudelten
Während aus Haus III ein Mann geführt wurde. Die Hände auf dem Rücken gefesselt. Richtung Schuppen. An Hubert vorbei. Der Wölkchen steigen ließ und mit den Blikken dem Verurteilten folgte. Ein kleiner rotäugiger Fisch. Ein Geistlicher sprach ein Gebet. Amen, flüsterte Hubert und lächelte vor sich hin. Er träumte sich in eine Kirche. Er wußte, daß er träumte. Er mußte weiterträumen, denn Roettger, sein Begleiter, stieß ihn voran in den Schuppen, in dem Hubert
das Gerät erblickte:
ach, ein alter Spucknapf, sehr angeschlagen, dachte Hubert.
Dann ging sein Blick an den eisernen Trägern des Gerätes entlang, wo oben eine abgeschrägte Klinge befestigt war ... Frau Pietschmann schneidet Kuchenrindel für mich, mit Pflaumen- oder Kirschenresten, süß saftig, Träume Träume
Hubert sah, wie dem Mann die Fesseln gelöst wurden. Wie er mit dem Kopf zwischen die eisernen Zwingen gesteckt,

und das Fallbeil heruntersauste, fast tonlos, und der Kopf im Spucknapf lag, und der Hals
Pflaumenkuchen, dachte Hubert, Pflaumenkuchen
Roter süßer Saft dunkel hell
In weißem Teig.
Am Nachmittag überreichte Roettger Hubert Kasten dreißig Reichsmark. Er hatte die erste Probe gut überstanden. Roettger versprach ihm, daß er seinen Vater recht bald über die fortschreitende positive Entwicklung unterrichte, wenn er weiter so
tüchtig treu tapfer

Auf der Straße erbrach sich der Junge. Am liebsten wollte er sich aus sich herauskotzen, denn seine Träume erwiesen sich als nicht haltbar. Sie kehrten wendeten behaupteten sich und führten Hubert vor Augen, was er wirklich gesehen hatte. Wohin er delegiert wurde, worin seine Zukunft bestehen mochte
die eisernen Haken an der Wand des Ziegelschuppens
das Fallbeil
Gurgeln Adern Venen Sehnen Muskeln Haut Blut
Er wollte nicht wie sein Vater werden.
Hubert kotzte taumelte schrie die Passanten auf der Straße an, daß sie zur Seite gehen mögen, denn jetzt komme Er Er Er, der zukünftige Henker von Plötzensee.
Hubert Kasten hatte Glück. Er wurde nicht als Durchgedrehter festgenommen, nicht als Irrer abgeführt. Er erreichte sein möbliertes Zimmer in der Nähe des Goethe-Parks unbehelligt. Dort legte er sich ins Bett, verlor seine Träume und schlief bis zum nächsten Morgen.

Es dauerte an die drei Monate, bis Hubert seine Träume wieder in Griff bekam, so daß er sie abrufen konnte, wann immer es nötig war.
Mitunter wurden an einem Morgen bis zu einhundertzwanzig Hinrichtungen durchgeführt. Als das Fallbeil eines Tages bei einem Bombenangriff zu Schaden kam, wurden die Gefangenen erhängt. Nach dem knackenden Geräusch und dem sonderbaren Sprudeln, das den Erhängten nach deren Tod aus dem Mund drang, ging Hubert Kasten seiner Aufgabe nach und schnitt die Toten vom Strick. Während er das tat, gelang es Hubert, sich Kuchenrindel oder frischgebackenen Pflaumenkuchen vor Augen zu malen. Daran wollte er denken, an nichts anderes, an nichts nichts nichts
Hubert Kasten trainierte.
Er wollte das alles nicht, aber er trainierte.
Er sah nicht die Menschen, die zur Hinrichtung geführt wurden, er hörte nur deren Namen.
Das rettete Hubert vorm Wahnsinn.
Er schnitt Namen wie Wilhelm Leuschner, Julius Leber, Carl Friedrich Goerdeler, Peter Graf Yorck von Wartenberg, Graf von Moltke, Hans und Hilde Coppi vom Strick. Scharfrichter Roettger erstattete Meldung aus der Reichshauptstadt nach Neuwelt ins Erzgebirge. Staatsanwalt Kasten war zufrieden. Er selbst gab Aufträge nach Plötzensee. Vollstreckungsbefehle. Wegen Hochverrat. Brandstiftung. Spionage. Abtreibung. Aufsässigkeit. Sabotage. Plünderung. Rassenschande. Feindbegünstigung. Wehrkraftzersetzung. Untreue. Unterschrift: Karl Adolf Kasten. Im Namen des Deutschen Volkes.

Das freie herrliche Raubtier.

Reiß dich zusammen, sagte sich Hubert, wenn seine Träume zu meutern begannen.
Sein Gang wurde aufrecht. Sein Schritt straffte sich. Aber er vermochte nur wenig zu essen, so daß er an Körpergewicht abnahm. Die Schlankheit stand ihm. Schön und stark. Eines Sonntags gönnte er sich im Park am Plötzensee ein Bier. Während er trank, war er zufrieden. Er holte seine Träume immer wieder hervor. Hatte sie im Griff. Tötete den kindlichen Trotz: er konnte ihn nicht mehr gebrauchen.
Wenn das elektrische Licht ausfiel, wurden die Hinrichtungen bei Kerzenlicht durchgeführt. Hubert Kasten lernte die Gesetze. Er würde nicht ewig Gehilfe bleiben. Ein zweites Bier befeuerte seine Zufriedenheit. Er hoffte, ein Mädchen würde auf ihn aufmerksam werden. Es geschah nichts dergleichen.

Wenige Tage später wurde Hubert, der Gehilfe, zur Gefängnisleitung ans Telefon zitiert. Vater rief aus Neuwelt an und teilte ihm mit, Mutter hätte sich abgesetzt.
Abgesetzt.
Hubert fragte *was?*, aber Vaters Stimme am anderen Ende der Leitung klang grob und aufgerissen: sie sei einfach weggegangen, sie würde ihre eigene Schlacht schlagen
irgendwo im Ausland
mit ihrer idiotischen Blockflöte
mit ihren wahnwitzigen Hüten
Gottverdammischnochmal!
Mama hat es geschafft, dachte Hubert, nachdem er den Telefonhörer aufgelegt hatte. Sie ist so klein ernst putzig, gar nicht richtig sichtbar, aber sie hat es geschafft. Und ich schaffe es nicht. Gottverdammischnochmal.

Hubert wollte nicht wie sein Vater werden.
Er beschloß, einen klaren Kopf zu behalten.

Im Dezember 1944 war Hubert Kastens Berliner Bewährungszeit abgelaufen. Pünktlich vor Weihnachten ließ er sich mit seinen Koffern zur elterlichen Villa vorfahren. Im viertürigen Automobil. Am Schwarzwasser vorbei, das an einigen Stellen unter einer Eisdecke vergurgelte. Der Wetterhahn knarrte dem Jungen zum Gruß, während der Wald rings um den Henneberg zu schweigen schien. Knecht Rupprich näherte sich auf leisen Kufen. Weihnachtszeit Friedenszeit.
Die Russen, hieß es, sind im Anmarsch.
Hubert klopfte das Herz. Das erste Mal nach über zwei Jahren spürte er wirkliche Erwartung in sich. Ganz frei von Traumtänzen, denn den Schrecken hatte er hinter sich gelassen, und Vater, der ihn erwarten würde, hatte nur Gutes von ihm gehört.
Aber auf Huberts Klingeln hin öffnete niemand.
Der Briefträger stiefelte, die Posttaschen unterm Arm, gerade die Straße zur Kastenschen Villa hinauf. Als er Hubert an der Tür seines Elternhauses rütteln sah, wechselte er die Straßenseite und murmelte:
»Neenee, do is mausestill seit Tag'n.«
Hubert kannte den Weg durch den Garten, hintenherum über die Kellertreppe. Mausestille.

Das Arbeitszimmer betrat Hubert, um es wieder zu verlassen.
Als erstes sah er die roten Augen des Vaters.
Er muß schon einige Tage so gehangen haben: aufgeknüpft am Haken des Kronleuchters. Als dessen Verlängerung so-

zusagen. Vaters Kopf berührte die untersten kristallenen Stäbchen. Sie klirrten ganz leis, als sei er noch lebendig.
Hubert, wie er es gelernt hatte, schnitt den Vater vom Kronleuchterhaken, legte ihn aufs Parkett, drückte ihm die Augen zu und verließ das Haus. Sein Weg führte den Henneberg hinunter, an der Emmaus-Kirche vorbei auf die Talstraße.
Hubert lief, Hubert rannte, Hubert stieß sich zerfetzende Atemwolken in die Winterluft.
Bäcker Pietschmann hatte keine Kuchenrindel mehr zu verschenken. Er stand vor leeren Regalen und schüttelte den Kopf. Aber Hubert forderte seine Kuchenrindel ein, *unbedingt* wolle er welche haben, er sei doch wieder zurück, es sei doch alles wieder wie früher, zu Hause warte man auf ihn mit dem Mittagessen, aber vorher brauche er Kuchenrindel ...
»Wo lebst denne *du*?« fragte der Bäcker. Dann schob er Hubert aus dem Laden, ließ rasselnd die hölzernen Jalousien herunter und war nicht mehr zu sprechen.

Der eiserne Haken des Kronleuchters erwies sich als so stabil, daß er auch Huberts Gewicht aushielt.

Es war der Briefträger, der, nachdem er von der Straße aus im Arbeitszimmer des Staatsanwaltes drei Tage und Nächte hindurch Licht gesehen hatte, die Polizei informierte.
Die Beerdigung von Karl Adolf Kasten und dessen Sohn Hubert fand im Kreise der Gemeinde statt. Etwa zwanzig Leute waren erschienen, nebst einem Abgesandten der Präsidialkanzlei Berlin. Erst Monate nach der Beisetzung sah man die kleine, mit einem rotfedrigen Hut bekleidete Frau Blumen auf dem Grab ablegen. Sie schlug ein Kreuz,

bevor sie die in Stein gemeißelte Namensinschrift *Hubert* küßte, während sie den anderen Namen mit der Hand abdeckte, den Friedhof wieder verließ, in den Beiwagen eines Motorrades stieg und davonfuhr
ohne jemandem ihr Gesicht zu zeigen.

Antennen

Neuwelts erster Fernsehapparat stand im Spinnhaus, in Mottler-Annelies Dachkammer. Sie hatte sich das Gerät nach fünfzig Jahren Fabrikarbeit leisten können: für nichts anderes wollte sie die Rente gebrauchen, als sich am Ende des Lebens ein wenig Ruhe zu gönnen. Ein Fernsehapparat war für Annelie das höchste an Hoffnung, der größte Lohn, den sie sich selbst vermachte.

Die Arbeit in der Kartonagenfabrik hatte bei Annelie Krampfadern und das Gefühl hinterlassen, sie hätte trotz mehrerer Jubiläumsauszeichnungen etwas verpaßt. Mit fünfundsechzig Jahren wurde sie mißtrauisch gegen sich selbst: sie konnte sich nicht wirklich mit etwas rühmen:
zwei Kriege unbeschadet überstanden, immer ein gutes Verhältnis zu dem, was um sie herum vorging, zu den Kollegen, zu dem, was man ihr an Wohnstätten zumutete, zu dem, was sie beanspruchte. Kein Mann, keine Kinder, aber eine Liebe zu Nougatstangen – seit ihrer Kindheit diese Lust auf Nougat, dessen Geschmack sie in dunkle süße Träume gleiten ließ, in ein Wohlsein mit sich und der Welt.

Der Fernsehapparat gewährte ihr ein körperloses Glück, denn Annelie konnte sich kaum noch bewegen, so füllig war ihr Leib geworden, so blauädrig geschwollen die Beine. Aber wenn sie sich in ihren Schaukelstuhl legte, auf dem Schoß Nougatröllchen in Goldpapier, und nachmit-

tags den Fernseher angeschaltet, erwartete sie etwas, das sie über sich hinaushob: Filme Nachrichten Musik.
Was im Leben draußen vorging.

Auf dem Dach des Spinnhauses wurde die Antenne montiert.
Krähen ließen sich darauf nieder und störten den Empfang.
Der Apparat pratzelte, rauschte, sendete Störstreifen Zitterbilder Knistermuster in Annelies Kammer.
Anfangs wurde Annelie wütend darüber. Aber bald lernte sie, trotz des Bildsalats Menschen und Handlungen zu erkennen. Sie gewöhnte sich so daran, daß sie, als die Krähen einmal davongeflogen waren und das Bild klar wurde, sich das Undeutliche, Geheimnisvolle zurückwünschte.

Nachdem die alte Mottlern eine Weile voller Neid von den Spinnhausbewohnern beäugt wurde, klopften die ersten Kinder an ihre Kammer. Ob sie denn mal fernsehgucken dürften.
Annelie ließ die Kinder vor sich auf dem Teppich Platz nehmen. Es war das neue Gefühl und ganz und gar wunderbar, in Gesellschaft zu sein. Nougatstangen reichte Annelie den kleinen Besuchern und ließ sie von dem Tag an regelmäßig Sandmännchen und Kinderfilme sehen. Die Eltern duldeten es, mürrisch zunächst, dann selbst vom Wunsch erfaßt, bei Mottler-Annelie auf dem Boden zu sitzen und per Fernsehen aus dem Alltag zu steigen.

Alle fanden sie Platz.
Grasnick, der Hausmeister, kletterte mitunter aufs Dach und verscheuchte die Krähen. Sahen die Zuschauer auf

Annelies Teppich klar, ereiferten sie sich über das, was auf dem Bildschirm ablief: hochaufregend Indianer- und Kriminalfilme Sport Zirkusschauen Schlagerwunschkonzerte Teletips, todlangweilig die Nachrichten: Berichterstattung aus keiner Welt.

Annelie störte es nicht.
Sie saß im Schaukelstuhl, umgeben von Leuten, die es nicht lassen konnten, ihren Fernsehapparat anzuschalten und hineinzuglotzen. Obwohl sie das Programm *Fernsehen der DDR* bald zum Erbrechen öde fanden. Obwohl sie das Gepratzel und Rauschen wahnsinnig machte. Obwohl sie fast jeden Abend stöhnten:
»Do gibts fei ner noch suttn Russenrutz!«

Grasnick, der Erretter, bastelte eine neue Antenne.
Dachkammerhoch und gefährlich.
Die Krähen konnten ihr nichts anhaben. Sie schissen die Dachantenne zu, während in Annelies Stube über Holzleisten und Kupferdraht eine verbotene Welt hineingelassen wurde. Undeutlich zwar, schwarzweiß, aber voll lockender Dinge.
Nachrichten aus einer Welt, vor der sie sehnsüchtig hockten.
Die manchen dazu verleitete, einen eigenen Fernsehapparat zu kaufen.

Langsam leerte sich Mottler-Annelies Stube.
Sie versuchte, wenigstens die Kinder bei sich zu behalten, aber diese waren längst nougatüberdrüssig geworden und graulten sich vor der alten Frau.
Grasnick brauchte die Zimmerantenne nun für sich selbst.

An ihrem siebzigsten Geburtstag war Annelie allein.
Sie erwartete nichts, als ein wenig Zuspruch am Ende ihres Lebens.
Sie schaltete den Fernseher an. Wartete.
Wartete auf die Wunschsendung für Geburtstagskinder.
Jemand hatte ihr geflüstert, sie würde gegrüßt werden. Von wem, würde nicht verraten.
Annelie wartete.
Die Aktuelle Kamera. Der Sport. Das Wetter.
Störstreifen Zitterbilder.
Als die Wunschsendung begann, knickte die Antenne vom Dach.
Annelie sah, wie das stählerne, von Krähenkot geweißte Ungetüm vor ihrem Fenster herunterfiel, und hörte es scheppernd auf dem Wäschehof landen.
Von da an blieb der Bildschirm schwarz.
Ein Gruß kam bei Annelie Mottler nie an.
Es wurde auch niemals verraten, wer es hätte gewesen sein sollen.

Am folgenden, ihrem letzten Lebenstag, konnte Annelie sich einer großen Tat rühmen: sie stand früh auf, frisch und beweglich wie lange nicht. Sie trank eine Tasse Kaffee, weichte Brötchen in Milch, streute Zucker darüber und aß.
Alles wie immer.
Aus Gewohnheit schaltete sie um zehn Uhr den Fernsehapparat an.
Um zehn Uhr wurden für die Nachtschichtler die Sendungen des vergangenen Abends wiederholt. Annelie sah gern einen Film zweimal.
Aber der Bildschirm blieb schwarz.

Kein Film, keine Wunschsendung.
Annelie Mottler empfing nichts mehr.

Da zog sie die Kabel aus der Steckdose, öffnete das Fenster, bugsierte den Fernsehapparat aufs Fensterbrett und ließ ihn mit dem Ausruf: »Affnarsch!« einfach nach draußen kippen.
Als das Gerät auf dem Wäschehof landete, krachte es derart, daß das Spinnhaus bis ins Fundament erschüttert wurde.
Annelie rieb sich die Hände.
So frei und leicht hatte sie sich noch nie gefühlt.
Drei Nougatstangen aß sie hintereinander, bevor sie am offenen Fenster wegknickte, Störstreifen, Zittermuster vor den Augen, und einschlief und sich nichts mehr für sie wiederholte.

Traumstau

Für Tänner-Achim, den Lehrling, klingelte der Wecker um vier Uhr morgens. Aus der Federbettwolke kriechen, mit dem Aufgebot aller Kräfte, Kampf gegen den Schlaf, Nachttopf ausleeren, kalte Küche, Tauchsieder anwerfen, Zähneputzen über der Emailleschüssel, bei all dem die Augen halb geschlossen, Bemmbüchse Thermoskanne Jacke Mütze, Sommer wie Winter die dunkle frostige Harzluft des Waldes. Blind aus dem Haus. Nachtmüde durch Neuwelt. Jeden Tag eine halbe Stunde per Fuß zur Bushaltestelle.

Dort standen schon die anderen Frühschichtler.

Erst nach und nach begann Achim zu sehen. Die Lichter der Gaslaternen, Fahrräder. Manchmal fuhr jemand mit dem Moped vor, lud sein Mädel ab und knatterte in andere Richtung davon. Manchmal erschien das Mädel auch ohne seinen Fahrer. Dann war es mürrisch, zitterte in der Frühluft, und Achim hätte es am liebsten unter seine Jacke gesteckt, denn das wäre eine Hoffung für den Tag gewesen: Liebe.

Die Arbeiter redeten nicht viel am Morgen.

Hüsteln Gähnen Zigaretten.

Auch Achim gähnte und fror. Sommer wie Winter.

Der Bus kam meistens pünktlich.

Jeden Morgen fuhr Tänner die Strecke Neuwelt–Schwarzenberg. Wie jeden Morgen, wenn der Bus bis zum letzten

Platz mit Frühschichtlern gefüllt war, wollte er sich am liebsten aus dem Gewühl heraussprengen.
Tänner-Achim hatte ein Traumziel, das er seit Jahren verfolgte: einen Besuch der Hauptstadt Berlin.
Fernsehturm, Alexanderplatz, große Straßen, die in große Straßen mündeten, auf denen man vorankommt, im Aufmarsch mit allen, im Gleichtritt mit sich selbst: etwas, das Achim in Neuwelt unlustig verwehrt blieb, denn
noch immer wollte er mittun am historischen Aufbauwerk, an dieser Idee, die ihm im Kindergarten zimtzuckerig eingeflößt worden und die haltbar war wie Granit.
Aber er hatte noch keine Gelegenheit dazu gefunden.
Er hatte es nicht auf die Erweiterte Oberschule geschafft und von da aus zum Studium, in Berlin vielleicht. Dieser Weg war ihm versperrt.
Es bot sich für Tänner-Achim nichts anderes als eine Ausbildungsstelle als Monteur im VEB Waschgerätewerk Schwarzenberg.
Was Besseres gibt's nicht, hatte Mutter gesagt.

In Tänners Arbeitstasche steckte, verwahrt zwischen Bemmbüchse und Thermoskanne, Frau Handschuk der Bär.
Niemand durfte sich der Tasche nähern. Lehrlinge und Kollegen würden Tänners Traum herauszerren und mit Gelächter töten. Tänner war fest in seinen Träumen, aber zu weich, um das Gelächter der anderen zu überstehen. Das wußte er.

Auf der Fahrt von Neuwelt nach Schwarzenberg hatte Tänner Mühe, die Augen offenzuhalten. Durch Wald und Felder ging die Fahrt, *die Heimat hat sich schön gemacht,*

und Tau blitzt ihr im Haar. Die Frühschichtler hingen in den Gerüchen ihrer Morgenkluft, Rauch Harz Metall, Werktätige aller Sparten, Industrieland Erzgebirge, sie rochen nach dem Schweiß immer wiederkehrender Arbeit, nach dem der Fünfjahrespläne, der Hennecke-Rekorde.
Die Fahrt nach Schwarzenberg, der Perle des Erzgebirges, wie es seit hundert Jahren genannt wird, dauerte keine halbe Stunde.

In den ersten Tagen war Tänner stolz dabeizusein. Aufgenommen in die Klasse der Arbeitenden. Aber nachdem er täglich acht Stunden vergeblich an Schrauben Feilen Montieren zu begreifen suchte, worauf sich die Freude gründete, spürte er ein Drücken im Hals.

VEB Waschgerätewerk Schwarzenberg. Zwanzig Lehrlinge aus den umliegenden Gegenden: dreizehn Mädchen, sieben Jungen.
Bevor Tänner in seine Arbeitsmontur stieg, streichelte er in der Tasche Frau Handschuk, holte sich Traumkraft: es würde alles nicht ein Leben lang so bleiben, aber
dieser Druck im Hals –
der plötzlich zu einem Glucksen wurde, zu einem prikkelnden aufstoßenden Gelächter, das der Lehrling wegdrückte, denn an der Fließbandstraße für Lehrlinge hatte man zu sein, wie es Vorschrift war: blaue Latzhosen, Käppi, feste Schuhe, fester Willen, erwachsen.

Der Betriebsfunk spielte auf. Musik! *Zweidreivier!*
Tänner zwischen dem schönen Ingo und Zweininger-Kitty, welche sich die rotlackierten Fingernägel feilen, ihr Prinzessinnendasein ablegen mußte, um mitwirken zu können

im Takt der Straße, reihenverkettet, Tänner an Maschine Nummer 3, Nummer 1 schickte faßrunde Stahlteile *dreivier!* zu Nummer 2, die dumme Paust-Petra mit ihrem Schmachteblick, den sie zwischen jedem Takt auf die beiden Jungen an Nummer 6 und 7 der Parallelstraße sendete, *über sieben Brücken mußt du gehn!* Tänners Traum, Vorsatzbleche Nuten Schrauben – die Zweiningern is su scharf do kannste dich dra schneidn! – vor Tänner in schwarzen Näpfchen hunderte Schrauben, dranbleiben, Junge! Schraube einsetzen in vorgebohrtes Loch, Blech wenden, festziehen *zweidreivier!* ab die Post! zu Nummer 4, die idiotische Pausten! die alles dem Lehrmeister petzte, vor allem, wenn Tänner lachen mußte.
Dieser Druck im Hals!
Das nächste Teil von Nummer 2, festziehen, Junge, sonst zerrupfts später Mutters Nachthemd! Waschmaschinen modernsten Typs, versehen nach den neuesten Errungenschaften von Wissenschaft und Technik, tausende Schrauben Muttern Nuten vor Tänner, von 2 das nächste Blech zu 4, *sieben dunkle Jahre überstehn!* eine halbe Stunde erst, der Betriebsfunk spielte,
spielte mit den Gedanken
Tänner nahm die Schraube, einsetzen andrehen festdrehen, Mutternschlüssel, abrutschen, Schramme im Blech, Schrott, Band abstellen.
Verdammisch! Aber das war nicht Tänner, das war Nummer 5, die kleine Geipeln aus Sachsenfeld. Hilfsschule, munkelte man, Band ab! *Zweidreivier!* 1 machte Tempo, 2 kam nicht nach, Stau
Band abstellen, verdammisch! Halbe Minute Staupause.
Ans Frühstück denken, an Frau Handschuk, an Berlin.
Die großen Straßen, die in große Straßen mündeten …

Das Band rollte rollte rollte, fließende Produktion, sieben Jungen für dreizehn Mädchen, Edelstahl für die Wäschetrommel, gelocht und gerippt, von Straße zu Straße, hunderte Maschinen, von denen Tänner bald nicht mehr wußte, an welche er gehörte, was er in der Hand hatte, in welchem Takt er sich befand, Motor Trommel Heizstäbe Ventile, links die Pausten, rechts die Zweiningern, vor Tänner die Geipeln, der schöne Ingo, der ihm alles wegschnappte, *dreieinsvier*, Tänner sieht aus wie 'n Schluck Wasser! Frühstück, Tasche auf, Frau Handschuk der Bär, Tänner mußte lachen und heulen, Bemmbüchse auf! Bemme ins vorgebohrte Loch, festziehen, schlucken, Leberwurst, Kaffee, nach fünfzehn Minuten ab die Post! Wasserpumpenfertigungsstraße, *bei Rot bleibe stehn, bei Grün darfst du gehn!* Ich will gehen, sagte Tänner, wohin? Im hochmodernen Montageprozeß überwältigenden Fortschrittes, in Nuten Schrauben Winden Schellen, neben Tänner 1 hinter ihm 2, über ihm die unendliche Reihe der Maschinen. Wo bin ich? fragte Tänner-Achim. Band aus.

Traumstau:
Er öffnete die Tasche. Heraus stieg Frau Handschuk in weißer milchduftender Schürze. Sie trat auf ihn zu, einen Fernsehturm aus Edelmetall in der Hand. Frau Handschuk küßte den Jungen, *komm!* flüsterte sie, und

Das Band lief weiter, im Transfer der Bauteile und Stunden, Augen geschlossen, Plastemuffe auf Schlauch setzen, andrehen, festziehen, weiter zu 3 oder 4, Tänner mußte es nicht wissen, das Band lief, Frau Handschuk, die ihm die Liebe gezeigt hatte, das Käppi rutschte in die Stirn, es ist dein erstes Jahr, Tänner! wer spricht da? Musik aus! zweidrei, iech kah nimmeh

Eines Morgens saß Frau Handschuk auf dem Fließband. Sie rollte von Maschine zu Maschine. In einem unbeobachteten Moment hatte sich die dumme Paust-Petra einfach Tänners Tasche bemächtigt, darinnen herumgeschnüffelt und Frau Handschuk an die Öffentlichkeit gezerrt.
Unterm Gejohle der Kollegen.
Achim spürte, wie ihm der Hals zu platzen drohte. Für Sekunden wußte er nicht, wohin mit diesem Gelächter, das, wenn es jetzt hervorbräche, ihn töten würde – aber Tänner mußte die anderen töten.

Das Band rollte.
Trommeln Zulaufschläuche Heizstäbe Frau Handschuk der Bär, die neueste alleWeltaußerKraftsetzende Technologie, von Maschine 1 zu Maschine 2, reihenverkettet, das Förderband rollte quietschte rumpelte, die Transferstraßen wurden geöffnet, Frau Handschuk fuhr auf ihnen und winkte Tänner-Achim zu *komm!* und er fügte die Teile zusammen wie jeden Tag, eisern mechanisch, wie es ihm im Blut war, es schüttelte ihn vor Lachen, dem er nicht mehr Herr wurde und das er haßte, weil es ihn in der Macht hatte, dann lief das Band plötzlich schneller, zu schnell für die Arbeiter, die kaum hinterherkamen, Werkstücke unmontiert davonlaufen ließen, herunterrissen, mit lachtränenglänzenden Augen, Frau Handschuk wackelte hin und her, und Achim drehte den Schalter auf höchstes Tempo, so daß die ersten Stücke zu Bruch gingen und die Halle sich auflud wie ein strombrodelndes Gerät. Achim

tat seine Arbeit, Stau auf den alten Straßen, während sich andere Straßen öffneten, das Material durchließen, wie verrückt schraubte jeder alles irgendwie zusammen, Waschmaschinen Mausefallen Schleudern Raketen, keiner wußte mehr, was er tat, der Betriebsfunk dudelte Schlagermusik, »Was is lus?« rief der schöne Ingo, und die kleine Geipeln schrie: »Schalt ner mol die Nachrichten an!« Lachen Scheppern Krachen BAND AUS!
Alles in Klump gefahren.
Frau Handschuk der Bär lag in einer Pfütze Bohrmilch.

Tänner-Achim, der Lehrling, wurde zur Verantwortung gezogen.
Vorladung bei der Konfliktkommission.
Lohnabzug Strafversetzung Reinigungsbrigade Nacharbeit Stellungnahme Selbstkritik:
Es gibt nichts Besseres, als –
Mein Arbeitsplatz: mein Kampfplatz für den Frieden –
Die Bewährung als Revolutionär der Zeit –
Schutz des Volkseigentums –
Was er, Tänner, sich bei der Herbeiführung dieser Katastrophe gedacht habe.
Nichts.
Ob er bereue und Besserung gelobe.
Jajajajajaja
!
Tänner-Achim lachte den Genossen ins Gesicht.

Er wurde von da an zum heimlichen Helden der Brigade.
Wenn der Wecker vier Uhr morgens klingelte, sprang er aus dem Bett und wußte, wozu.
In letzter Zeit kam der Bus, der die Frühschichtler von Neu-

welt nach Schwarzenberg transportierte, häufig mit Verspätung.
Der Betriebsfunk spielte auf wie immer.
Tänner putzte von nun an die Maschinen. Gründlich, ohne Murren.
In der Kantine versuchten die Arbeiter zur Pause einen Platz neben Tänner zu bekommen. Sie stellten sich gut mit ihm. Er sagte ihnen, daß sich bald alles ändern würde. Er hätte Post aus Berlin erhalten.
Die Kollegen bewunderten Tänner-Achim.
Ein wenig hielten sie ihn für verrückt.
Vor lauter Zuversicht, daß sich etwas ändern würde, drehte er manchmal durch.

Frau Handschuk der Bär bewachte ihn.

Notkochen

Der erste Soldat, der in der Nacht zum 1. Mai 1945 aus dem Krieg nach Neuwelt heimkehrte, hieß Metzler-Rudi.
Mit diesem Namen im Gepäck kam er als Lazaretthelfer von Krakau direkt über die Hammerbrücke nach Neuwelt und stellte sich vor das Haus seines Vaters: vor Jonah Lewins Haus.

Der alte Lewin, der seinen Kleinkramladen in der Nähe der Emmaus-Kirche aufgeben und sich die letzten sieben Jahre in Kellern Höhlen Baumnestern des Erzgebirges verstecken mußte, besaß einmal einen Sohn.
Der Sohn hieß Ascher.
Erst hatte er sich seinem Vater in der Flucht vor den Nationalsozialisten angeschlossen, war mit ihm in den Wald gegangen, hatte alle Verstecke mit Vater geteilt; dann wachte Jonah eines Morgens allein auf: im stillgelegten Knochenbergstolln bei Raschau, in Notdecken gehüllt. Ascher hatte sich davongestohlen, das sah Jonah. Was er nicht sehen konnte und auch nicht wußte: daß der Sohn nicht mehr sein Sohn sein wollte. Weil es sonst keine Rettung gab. Weil ein Name ja nicht mehr als ein Name bedeutete.

Es war Schweineangst, die Ascher Lewin dazu gebracht hatte, sich aus sich selbst auszutreiben. Im Traum hörte er sich quieken.
Aus Angst vor kommenden Schmerzen.

Er hatte mehr Angst als auf der Flucht. Mehr Angst als vor Vaters Verzweiflung, vorm Verlassen des liebsten Menschen, der ihm nach Mutters Tod geblieben war, mehr Angst als vorm Verrat, den sich Ascher herbeisehnte, der ihn gleichzeitig zum Würgen brachte, denn das hatte es noch nie in der Lewinschen Sippe gegeben: daß einer sich auslöscht –
und er wollte nicht der erste sein.
Doch in dieser Zeit sah Ascher Lewin die Hackschnäbel der Krähen über sich und fühlte sich bereits sterben – diese Schmerzen wollte er nicht tragen. Er ekelte sich vor seiner Angst, trotzdem
rannte er Vater davon.
Mit der Hoffnung, wenn er freiwillig als Arier in den Krieg zöge, würde alles anders leichter freier als der Tod, der ihn auf der Flucht erwartete.
Ein wahnsinniges Unterfangen. Kreischende Angst, als würde sich eine Sau selbst zur Schlachtbank führen.
Doch Ascher begab sich in die Stadt auf die Ämter. Sprach dort vor. Riß seine hellen Augen auf und sagte:
daß er bereit zu allem und nicht das Unglück für Deutschland sein will!
Todesmut. Über Schwarzenberg zogen Krähen finstere Kreise.
Neue Papiere, neuer Namen: Metzler-Rudi. Lazaretthelfer der Deutschen Wehrmacht.
Das neue Leben kam ganz leicht über ihn.
Den Tod sah er das erste Mal bei einer Massenexekution im polnischen Grudziadz, dann bei Krakau Warschau Lublin
und Metzler-Rudi sah die Toten. Er selbst war nicht darunter, er hatte auf seine Truppe zu achten, und die ande-

ren, die Feindestoten, die sah er nicht anders als andere, auch wenn ihm manchmal das Quieken ankam, nächtlich im Traum, doch da war er nicht der einzige, er war Metzler-Rudi, und
wenn er nach den Feldzügen die eigenen Kameraden begrub oder
wenn er im Sommer 1941 nach Treblinka abkommandiert wurde, um Leute mit Namen wie Samuel Dessauer Rothberger Itzigson Eckstein Hirsch Deutschkron Silberstein Tannbaum Barmherzig oder Lewin mit Kalk zu bedekken – all seine Leute, die er nicht mehr kennen wollte, aber die er nicht vergessen konnte – da hüllte er sich fester in seine fremde Haut und gab acht, daß sie nicht riß, denn Ascher Lewin kam immer wieder in Metzler-Rudi hoch, und da ihm nichts geschah, kein Schlag, kein Kratzer, so wie er es erhofft hatte, gewann der Junge Kraft
ein grunzendes quiekendes brüllendes Einverständnis mit dem, wo er hineingeraten war
aus lauter Angst
für die er nichts konnte.

Noch einmal kroch der alte Jonah Lewin aus den Wäldern hervor, um Ascher zu suchen. Aber die Wälder gaben den Sohn nicht wieder her. Auch in Neuwelt, wo Lewin letzte Hoffnung hegte, wußte keiner etwas und wollte keiner Jonah oder Ascher Lewin kennen.
»Wahrscheinlich Lager«, hatte Milchmann Stülpnagel seufzend geflüstert und dem ehemaligen Kunden geraten, schnell wieder zu verschwinden und sich nie mehr hier blicken zu lassen, bis

der letzte Kriegshagel hinterm Gebirg heruntergekommen war und Jonah Lewin wieder sein Haus beziehen konnte. Wo inzwischen allerlei fremdes Volk lebte. Zwischen dem sich Lewin einrichtete und sein Leben nie so unverdient bequem fand wie von diesem Tag an.
Nur in der Nacht quälten den alten Mann die Ängste der letzten Jahre. Er konnte nicht ausmachen, ob das hämische Gewisper und jene Fußtritte, die ihm seine jetzigen Mitbewohner verabreichten, Traum oder neue Wirklichkeit waren.

Jonah Lewin träumte seinen Sohn.
Noch vor drei Monaten, da er sich zwischen Gelenau und Scharfenstein versteckt hielt, hatte er am Rande des Ortes Venusberg einen Menschenzug gesehen, der von SS-Truppen durch die Straßen getrieben wurde – jeder dieser Lumpenknochen sein Sohn Ascher! Lewin war aus seinem Versteck herausgekommen, hatte sich zu den anderen Leuten, die sich zufällig auf der Straße versammelten, gestellt und wollte schreien. Aber es kam kein Ton aus seinem Mund.
Jonah Lewin konnte seinen Sohn nicht finden.
Doch sah er ihn überall. Auf grausige Weise tausendfach vermehrt. Es kamen immer durchscheinendere Gestalten, es traten immer mehr Ortsbewohner auf die Straße und begafften die durchscheinenden Gestalten.
»Mit dan Leit', dos wird fei nischt mehr«, sagte eine Frau zu ihrer kleinen Tochter. Daraufhin mußte sich das Mädchen übergeben, genau auf Jonah Lewins einziges Paar Schuhe. Dann erschienen die Flugzeuge.
»Amis!« rief die Frau, packte Jonah am Arm und schüttelte ihn.
Jonah lächelte. Warum, wußte er nicht. Jonah Lewin blick-

te in den Himmel, auf die grauglänzenden Bäuche der Flugzeuge, und begann zu winken.
Die Menschenschlange, eben noch halbtot die Straße entlangkriechend, wurde lebendig. Aus den Lumpen heraus schrieen und rissen sie die Arme hoch. Die SS-Führer gaben noch Schüsse ab, bevor sie seitlich wegscherten und sich unter Lastwagen und in Häusereingänge flüchteten.
Die Flugzeuge befanden sich über der schwankenden Karawane.
Sie brummten und machten seltsame wackelnde Bewegungen, als bedeuteten sie den Sterbenden Hoffnung. Sie bombten ihnen den Weg frei.

In der letzten Aprilnacht des Jahres 1945 aber stand Ascher Lewin vorm väterlichen Haus.
Er besaß noch die aus Lebensnot gefälschten Papiere, hielt sich aufrecht und unverletzt. In Zivil Rucksack Wanderstock.
Vor Lewins Haus stand Ascher Lewin alias Metzler-Rudi und wartete den Morgen ab. Als sein Vater aus dem Haus trat, sagte Ascher zu ihm:
»Ich bin's.«
»Nein«, sagte der alte Lewin.
Er wischte sich die Augen, glotzte, berührte den jungen Mann vor sich, glotzte, schüttelte den Kopf. Die Knie knickten ihm ein, da nahm Ascher seinen Vater einfach auf den Arm und trug den ungläubigen Mann über die Schwelle des Hauses.
Noch am selben Abend brannten die Papiere von Rudi Metzler.
Die Angst war ausgestanden. Auch wenn sie nachts in Aschers Schädel noch immer herumtrampelte und mit

hohen kreischenden Geräuschen sich unsterblich machen wollte …

Am nächsten Tag feierten die Lewins ein Fest mit dem Nichts, das sie besaßen.

Alle Leute, alles Volk, alle Zwangsbewohner luden sie ein, um das Wunder von Aschers Wiederkunft herzlich zu begehen. Und um denen Hoffnung zu geben, die ebenfalls Söhne im Krieg vermißten.

An diesem Abend freute sich jeder mit Ascher und Jonah. So glaubten sie es.

Der Neumond goß silbriges Licht aus und ließ lange helle Nächte vorausahnen.

Während Neuwelts Frauen und Mütter noch vergebens auf ihre heimkehrenden Männer warteten, und nach den Wochen unbesetzten Gebietes erst die Amerikaner, dann die Russen bestimmten, was zu tun war, brachte Ascher Lewin den Kleinkramladen wieder auf Vordermann.

Er war verrammelt, mit Farbe beschmiert und bepißt worden. Der alte Lewin staunte, welche Kraft sein Sohn aus dem Krieg mitgebracht hatte und wie selbstbewußt er den Laden instand setzte und eröffnete.

Wie durch Zauberei gelang es Ascher, Lebensnotwendiges zu besorgen oder Schrott in Brauchbares zu verwandeln. In der größten Hungersnot schaffte er es, Speck Brot Zigaretten heranzuholen. Er organisierte klaute tauschte, was die Leute brauchen konnten. Zunächst waren die Neuwelter skeptisch, denn es war ihnen nicht geheuer, daß die für tot Erklärten wieder derart lebendig waren. Andererseits mußte man von etwas leben, und das konnte keiner besser besorgen als Ascher Lewin.

Lewins Laden war ein winziges Paradies in der Welt des Hungers.
Nur wenige Männer kehrten aus dem Krieg zurück. Fand einer den Weg heim nach Neuwelt, war er meistens krank, stumm oder verrückt geworden. Um so mehr spann sich ein Netz des Mißtrauens um Ascher Lewin.

Drei Tage vor Vollmond versammelte sich ein halbes Dutzend Weibsn am Kreuzweg hinter dem Spinnhaus:
Nobis-Susanne, Zschiedrich-Lotte, Röder-Erna, Mutter Bauersachs, Semmelweis-Märrie und die steife Uhlig-Marie. Jede von ihnen hatte mindestens einen im Krieg und wartete wartete …

Sie faßten Ascher Lewin, als er am Abend den Laden zuschließen wollte. Mit vorgehaltenen Fleischmessern zwangen sie ihn, zurück in den Laden zu gehen und Speck zu holen. Gegen sechs Weibsn konnte sich Ascher bei aller Kraft nicht wehren. Auch besaßen sie einen unheimlichen Blick, der ihn willenlos machte.
Ascher brachte den Speck. Eine ordentliche sechspfündige Seite. Die sollte genügen, um die Frauen ruhigzustellen, denn der Hunger, das wußte Ascher, treibt Menschen in erpresserischen Wahnsinn.
Was aber nun geschah, hatte Ascher in den ganzen schlimmen Jahren nicht erlebt.
Die Weibsn drängten ihn zurück in den Laden. Semmelweis-Märrie, stärkste unter den Frauen, preßte ihn gegen die Wand. Nobis-Susanne fesselte Ascher mit einem Hanfseil. Röder-Erna steckte ihm eine rohe Kartoffel in den Mund. Die alte Uhligen riß ihm die Kleider vom Leib.
Jetzt bekam er seine Abreibung:

Mutter Bauersachs, gewieft in der Zubereitung scharfen Bratens und voller heiligem Zorn, da ihr einziger Sohn einfach nicht aus dem Krieg zurückkommen wollte, griff in einen Topf mit Pökelsalz und begann, Ascher Lewin einzureiben. Von Kopf bis Fuß mit scharfem Salz, und Ascher biß auf die Kartoffel, daß der Saft die Mundwinkel herunterlief und sich mit der Beize vermischte.

»Teufel, fahr aus ihm!« flüsterte Zschiedrich-Lotte, die eher ängstlich dem Geschehen beiwohnte und nur mit Mühe ihre Aufgabe zu bewältigen vermochte.

Susanne, angetrunken wie sie war, stach zuerst zu. Mit einem kleinen spitzen Messer dem Ascher Lewin in den Arm. Sie hatte ein Schälchen Kräuter mitgebracht: Gallkraut Kalmus Bärwurz und Schwarzkümmel. Die zermörserte sie und streute das Pulver auf die Verkaufstheke und den Boden.

Teufel, fahr aus ihm!

Die Vorbereitung nahm ihren Lauf. Und die Weibsn waren mit ihrer Vermutung im Recht! denn Ascher, der die Kartoffel schon längst zerbissen hatte und von dem kein Schmerzenslaut ausging, ertrug die Messerstiche ohne Zucken. Er blutete nicht einmal. Jeder Stich, den Susanne ihm versetzte, blieb rein. Die alte Uhligen stopfte in jede Wunde einen Speckstreifen. Schweigend, als ob sie nicht wußte, was sie tat.

Als der Morgen dämmerte, standen die Russen vor der Tür des Ladens. Von irgendwem hatten sie Wind bekommen, daß hier etwas Ungeheuerliches geschehe. Die Weibsn sahen die Soldaten und rannten schreiend davon. Die Russen sahen den gespickten Mann vor sich und stürzten sich auf ihn.

Wendeschleife

In Berlin war der Bär los.

An einem Sommersonntag im Jahr 1967 schaffte es ein Braunbär, aus seinem Gehege im Tierpark Friedrichsfelde auszubrechen. Er stieg vom Kletterfelsen, von dem aus er mit seinen Artgenossen seit Jahren auf die Straße am Tierpark blickte und hinüber zum Jugendtouristenhotel und den neuen, hochaufschießenden Bauten. Der Braunbär trampelte einfach das Eisengatter nieder, tappte die Steinstufen herab, die neugierigen Besuchern zur Aussicht dienten. Er stellte sich auf die Hinterbeine, brummte und nahm seinen Weg durch den Park.

Er war eine Attraktion.

So jedenfalls sahen es die Zoobesucher, die dem Tier staunend Platz machten. Kaum einer, der sich vor dem Bären fürchtete.

Erst nachdem der Bär eine halbe Stunde lang durch den Park spaziert war, traf er vor dem Rotwildgehege auf einen Tierpfleger. Der wußte nicht so recht, was er von dem freilaufenden Tier halten sollte. Eine derartige Überraschung war für die Besucher nicht vorgesehen. Aber ehe der Mann begriff, daß es sich um einen Ausbruch handelte, hatte ihn der Bär schon zur Seite gestoßen und setzte seinen Weg fort.

Er nahm die kürzeste Route zum Schloß.

Am Teich hinter dem Rotwild riß er eine Ente und verspeiste sie.

Kinder, die das sahen, schrieen, denn das hatten sie in der Natur noch nicht gesehen. Die Eltern trösteten: man wisse auch nicht, warum der Bär nicht eingesperrt sei, aber ein Raubtier verhalte sich nun mal so, es habe nichts zu bedeuten …

Am Schloß Friedrichsfelde, das zum Tierpark gehörte und zart pastellfarben sommerliche Besucher zum Kaffee lud, machte der Bär Rast. Aus dem Springbrunnen soff er. Auf den Stufen des Schlosses ließ er Wasser. Einem vorwitzigen Kind nahm er die Eiswaffel ab und fraß sie. Einer Rentnerin, die auf der Bank saß, atmete er heiß in den Nacken. An halb schreckstarren, halb belustigten Leuten vorbei tapste der Bär Richtung Ausgang.

Er stand auf der Straße. Vor dem Eingang zur U-Bahn-Station Tierpark. Er stieg die Stufen zur U-Bahn hinunter. Dort schickten ihn die Kontrolleure wieder zurück: *Ihren Fahrausweis bitte!*

Der Bär schlug zu. Mit einem einzigen Hieb erledigte er den Kontrolleur. Dann rannte er brummend auf den Bahnsteig, stieß die Papierkörbe um und mischte sich unter die Fahrgäste.

Eine halbe Stunde brauchten die Genossen der Volkspolizei, um am Ort des Geschehens einzutreffen. Sieben Schüsse benötigten sie, um den Bär zur Strecke zu bringen.

Zur selben Zeit schenkte im Kindergarten Neuwelt Frau Charitas Handschuk Milchreis an die Mittagskinder aus.

Seit drei Jahren schon glaubte die gebürtige Berlinerin, gelernte Kindergärtnerin und aktive Genossin, hier ihre Heimat gefunden zu haben. Peter Handschuk, den sie auf einem Parteilehrjahr am Schwielowsee kennengelernt, hatte

sie mit großer Liebe förmlich aus der Hauptstadt in die Provinz vor das Standesamt getragen. Bei der Hochzeit trug er sein Haar glatt gescheitelt; die Augen groß, braun, als würden sie Zuversicht ausstrahlen, und doch hatten sie nur etwas rehbockhaftes: scheue Blicke warf der Mann seiner Braut zu, gab sich gleichzeitig edel, draufgängerisch, und bebte wieder vor etwas Unvorhergesehenem.
Ängste zeigten sich an Handschuk, von denen Charitas anfangs nichts wußte. Von denen sie täglich neue kennenlernte. Die sie zu lösen versuchte wie eine Gleichung mit Unbekannten. Er sagte: *Ich seh' etwas, das du nicht siehst.* Sie riet und sah nichts – *die Leiter? das Messer? das Parteibuch?* Er sah etwas, das sie nicht sah. Er wurde verrückt von so viel Sehen, und Charitas' Blindheit machte ihn wütend, so daß er brüllte:
»Du liebst mich nicht! Du willst mich fertigmachen! Ich sehe dir das an!«
Dann mußte Charitas weinen und sagen:
»Es ist nicht wahr. Es ist nicht wahr.«
Macht besaß Handschuk, von der Charitas dachte: sie ist besser zu ertragen als Einsamkeit.

Charitas bekam eine Stelle im Neuwelter Kindergarten. Er einen Posten in der Schwarzenberger Stadtbezirksleitung, von deren Tätigkeitsfeld Charitas nie etwas Konkretes erfuhr, außer, daß Peter für alles und jeden verantwortlich war.

Handschuk war trotz seiner Zornesausfälle ein treusorgender Ehemann, der seine Frau vor den Frotzeleien der Erzgebirgler, die eine Hauptstädtische nicht mochten, schützte. Er hielt zu ihr, wenn sie sich am Abend über ihre streitsüchtige Kollegin Frau Klinger und über die Kinder beklagte, von denen nur wenige begriffen, daß sie eine *historische Mission* übernehmen müßten. Peter streichelte alles Hoffnungslose hinweg und gab ihr Mut für den neuen Tag.

Handschuk war aber nicht nur ein treusorgender Ehemann. Seit einem Jahr konnte er sich über seinen Ratsposten hinaus mit dem Vorsitz der westerzgebirgischen Jagdgesellschaft rühmen.
Jeden Sonntag ging er auf Jagd.
Stellte Fallen, legte Netze aus, ging auf die Pirsch, trieb das Wild durch den Wald, schoß. Kam er am Abend nach Hause, hatte Charitas schon Salz Pfeffer Speck parat, und das Messer, mit dem Peter der Beute das Fell abzog.
Jeden Sonntag.
Kaninchen Hasen Hasen Kaninchen. Mitunter ein Stück Wildschwein, selten Reh und Hirsch. Aber immer dunkelrotes Fleisch, das unter blutendem Fell zum Vorschein kam und das Charitas auf übliche Art mit Wacholder und Piment zubereitete. Jeden Sonntag. Hasen Kaninchen. Die abgezogenen Bälger auf dem Dachboden. Die Trophäen. Der Gestank.
Im Wald fühlte Handschuk sich frei. Angstlos. Er sah Beute, wo keiner Beute sah.
Er liebte die Sonntage wie nichts sonst auf der Welt.
Bis Charitas Peters Jagdgelüste zuwider wurden. Sie beschloß, nie wieder ein Stück Wildbret anzurühren.

Ein Gefühl schlich sich in Charitas Handschuks Leben, das sie bislang nicht kannte: die Verzweiflung, etwas zu tun, an das sie nicht mehr glaubte.
Betrat sie morgens den noch leeren Kindergarten, wo nur

die Schlafliegen wie in einer hölzernen Parade standen, dachte sie mitunter daran, alles anders machen zu müssen. Fröhlicher wollte sie mit den Kindern umgehen, ausgelassener, sie auf weite lebensfreudige Wege führen. Fort aus der Gegend der schieferschindelgedeckten Häuschen, Pilzkriegsstätten und Jagdgebiete.
Stattdessen arbeitete Charitas nach Plan. Als Frau Handschuk. In rosaweißgestreifter Schürze. Milchduftend. Streng. Sie ließ die Plastepanzer in der Spielecke auffahren, las Geschichten von Bummi und seinem sowjetischen Freund Mischa vor, band Lätzchen um, schenkte Essen aus Kübeln in hellblaue Teller, ließ die Kinder aufessen, tröstete, nahm die Schlafparade ab, sang das Lied vom Fernsehturm, warnte vor amerikanischen Bombenflugzeugen, veranstaltete Kreisspiele und Elternabende.

Frau Handschuk funktionierte. In Frühschicht und Spätschicht. Sie funktionierte zu Hause, wenn sie nach der »Aktuellen Kamera« das Abendbrot bereitete und ihren Mann wie jeden Abend fragte:
»Was Neues im Amt?«
»Nichts«, sagte Peter Handschuk. Wie jeden Abend.
Charitas haßte diesen Moment der Leere. Als stünde eine Maschine vor ihr und antwortete auf jede Frage mit *Nichts!* Dabei ahnte sie, daß sich in Peters Leben etwas abspielte, von dem sie nichts wissen sollte. Es machte sie mißtrauisch, wenn er lächelnd sein Geheimnis verteidigte.

Eines Tages wollte Handschuk von seiner Frau wissen, wie es sich mit Achim, Sohn der alleinerziehenden Tänner-Margot aus dem Spinnhaus, verhalte.
»Was meinst du mit verhalten?« fragte Charitas.

»Eben so. Gibt's was über ihn zu sagen? Wie er sich verhält. Was er denkt. Wie seine Mutter ist.«
Charitas verstand diese plötzliche Neugier ihres Mannes nicht. Auch nicht, als sie von ihrem Mann immer mehr Fragen über die Kinder ihrer Gruppe gestellt bekam. Auch nicht, als sich Peter intensiv dafür zu interessieren begann, was man den ganzen Tag im Kindergarten treibe, was Frau Klinger und die anderen Kindergärtnerinnen tun sagen denken.

Charitas ertappte sich dabei, daß sie eines Nachts aus dem gemeinsamen Bett aufstand und sich zum Schlafen aufs Sofa verzog. Sie blieb steif liegen, als Peter, nachdem er ihre Flucht gemerkt hatte, zu ihr gekrochen kam und sie zu trösten versuchte: er wisse, daß ihn seine Arbeit fast auffrißt und er nicht, wie früher, jeden Abend mit ihr –
»Das ist es nicht«, sagte Charitas.

Sie wußte selbst nicht, was das Mißtrauen gegen ihren Mann ins Unerträgliche wachsen ließ. Daß er von nun an begann, auch ihren Tagesablauf zu kontrollieren, machte sie wütend. Charitas zuckte jedesmal zusammen, wenn sie aus Küche oder Bad kam und Peter sie fragte:
»Was hast du so lang darinnen gemacht?«
Charitas hätte sich selbst ohrfeigen können, aber sie antwortete: »Geschirr gespült« oder »Zähne geputzt«.
»Ich will nur, daß dir nichts passiert«, sagte Peter.
Handschuks Fürsorge ging so weit, daß er von nun an seinen Amtsdienst so legte, daß er Charitas jeden Tag vom Kindergarten abholen und mit ihr gemeinsam den Weg nach Hause gehen konnte. Anfangs kam ihr das albern vor, nach einiger Zeit gewöhnte sie sich daran.

Peter Handschuk war überall. Auch wenn er im Amt arbeitete, spürte Charitas, wie er sich neben sie gesellte, im Kindergarten zugegen war und herausfand, was herauszufinden war.
Charitas versuchte zu begreifen, was ihr angst machte. Fragte Peter sie etwas, schwieg sie zunehmends. Und immer, wenn sie Tänner-Achim, der sie mit großen Kinderaugen anhimmelte, über den Kopf strich, kamen ihr die Tränen.

Eines Tages bat Charitas Kollegin Klinger, sie eine halbe Stunde früher gehen zu lassen, sie hätte einen Zahnarzttermin in der Stadt.
Den Moment, da Charitas allein ihre Arbeitsstätte verließ ohne den Anblick ihres Mannes, empfand sie als Glück. Leichten Schrittes, triumphierend wie ein von den Eltern ausgebüchstes Kind, lief Charitas davon. Zur Konsumverkaufsstelle, wo sie ein Stieleis kaufte, sich auf die Stufen setzte und schokoladensüße Freiheit schmeckte.
Charitas ließ sich suchen.
Den ganzen Nachmittag lang. Den halben Abend. Gleichermaßen genoß sie Mut und Angst.

Bis er vor ihr stand:
Den Kopf hochrot, Schweißstirn, die Hände zitternd.
Er trug die Jagduniform, war behangen mit dem Luftgewehr und zielte auf seine Frau.
»Das also ist es!« sagte Peter Handschuk.
Mit dem Gewehrlauf stieß er Charitas in den Rücken und trieb sie von den Stufen hoch. Die Kunden, welche kurz vor Ladenschluß noch einkaufen wollten, wichen zurück, drückten sich an die Hausseite und beobachteten, was daraufhin ablief.

Charitas zuckelte vor Peter her.
»Lauf!« rief er, »lauf!«
Die Frau beschleunigte ihre Schritte, fand komisch, was der Mann mit ihr trieb. Sie hatte kein Hasenherz, fühlte sich eher beißwütig – und als ihr Mann sie über den Bordstein springen ließ, biß sie zu, indem sie lachte: ein aus den Tiefen ihrer Seele hervorbrechendes Lachen überkam sie, Handschuk trieb sie vor sich her, über den Marktplatz, die Straßen hoch Richtung Krähenhübel, immer das Gewehr an ihrem Rücken *Lauf!* und Charitas lief sprang hakenschlagend, bis sie sich plötzlich umwandte, das Durchladegeräusch des Gewehres hörend, und genau sah, was der Mann tat, als sie in die Mündung blickte, Sekunden vor dem möglichen Bleikugelstoß, *Lauf!* aber da wandelte sich die Lachkanonade in Gesang, in ein verzweifelt hervorgeröhrtes Lied, das Charitas in diesem Moment einfiel, das alle alle mitsingen konnten:

Grün, ja grün sind alle meine Kleider
Grün, ja grün ist alles was ich hab!
Darum lieb ich alles was so grün ist
Weil mein Schatz ein Jäger ist!

Sie sang es dem Mann dem Jäger ins Gesicht, der brach zusammen und flehte kindlich um Verzeihung.
Er würde sich bessern.
Er sei nur seiner Pflicht nachgegangen.
Er liebe sie. Liebe sie liebe sie.

Noch in derselben Stunde begriff Charitas, für wen dieser Mann all die Jahre tätig gewesen war. Sie spuckte ihr Lachen und das grüne Lied vor ihm aus.

Noch am selben Abend packte Frau Handschuk eine Tasche mit dem Nötigsten. Wie angeschossen lag Handschuk vor ihr auf dem Teppich und flehte um Verständnis.
Noch in derselben Nacht stand Charitas an der Zufahrtsstraße zur Autobahn. Sie hielt Autos an, die sie bis nach Berlin mitnahmen.

Als sie aber in Berlin-Schöneweide bei ihrer Mutter eintraf, unangemeldet, wie aus heiterem Himmel, wußten die Nachbarn schon, daß jemand zurückkehren würde. In kleinen Grüppchen standen sie auf dem Hof der Fennstraße, jene zahnfaul gackernden Weiber, unter denen Charitas groß geworden war, und sagten:
»Det isse!«
Drei Wochen lang lebte Charitas in ihrem alten Zimmer, ließ sich zurückfallen in die Zeit der Kindheit, hörte den Lärm auf den Spreebrücken, das Getös der Ladekähne vorm Kabelwerk, roch die Kohleluft Schöneweide. Wie alle nannte sie Schweineöde jenen Ort, an dem man schwarz sah vor Dreck Lärm Gestank.
Der die Zukunft des Landes bedeutete.
Mutter schüttelte über Charitas' Rückkunft den Kopf: *neeneenee!* Die Frage, was sie nun mit ihrem Leben beginnen würde, derart aus der Bahn geschlagen, und wo doch alle Nachbarn wüßten, was mit ihr geschehen sei, konnte Charitas nicht beantworten.

In einem Brief an die Bezirksparteileitung Schwarzenberg erklärte Genossin Charitas Handschuk ihren Austritt aus der Sozialistischen Einheitspartei Deutschlands:
Sie habe versucht, den vorgegebenen Zielen gerecht zu werden, aber sie fühle sich nicht mehr dazu in der Lage, ihr Le-

ben danach zu richten. Sie spüre eine Hoffnungslosigkeit, die sie nur durch ständiges Lügen verdecken könnte. Sie glaube, durch weniger Verantwortung freier leben zu können.
Mit sozialistischem Gruß –!
Dem Austritt wurde stattgegeben, obwohl man, wie der Genosse Parteivorsitzende schrieb, diesen Schritt bedauere, aber verstehe …
Mit sozialistischem Gruß –
Lauf!

Nachts durchschoß ein Jäger Charitas' Träume. Er hatte kein Gesicht, nur zwei doppelläufige Augen, die die Schlafende anstarrten. *Lauf!*

Als Kindergartenerzieherin, ließ man Charitas vom Rat des Bezirkes Berlin-Köpenick wissen, dürfe sie nicht wieder arbeiten.
Warum?
Weil sie auffällig geworden sei.
Woher man das wüßte.
Sie solle keine Fragen stellen, sondern sich beim Verkehrsamt melden. Für die Arbeit mit jungen Menschen sei sie nicht mehr tragbar.

Charitas Handschuks Zukunft hieß Straßenbahntriebwagenführerin. Nach zweijähriger Umschulung und langer Antragszeit bekam sie eine kleine Altbauwohnung in Berlin-Mitte auf der Linienstraße zugewiesen.
Charitas' neues Leben.
Jenseits des Waldes. Jenseits von Milchreis Spielecke Bummibär. Jenseits der Jagdspiele ihres Gatten.

Ein Leben, das sie genießen lernte, obwohl sie allein war. Das ihr endlich echt dünkte, sie nicht zum Lügen zwang. Und nicht zur Liebe.
In das nur immer wieder der Jäger trat, ihre Träume durchschoß und alles wußte, was sie dachte hoffte tat.

Nachbarin Sybille, die hübsche lichtblonde Ballettänzerin, mit der Charitas manchmal nachts nach Schichtschluß etwas trank, besaß eine Doppelbettcouch, auf der sich gut ruhen ließ. Man war sich im Hausflur begegnet, und da sich in diesem alten Gemäuer sonst nichts traf, fand man es eine glückliche Begegnung.
Mitunter schliefen die Frauen zusammen unter der Decke ein. Sie berührten sich nicht, spürten nur die Gegenwart der anderen und atmeten tief, von heimlicher unheimlicher Sehnsucht getrieben.

Charitas Handschuk fuhr die Linie 11:
Marzahn – Leninallee – Mollstraße – Invalidenstraße, bis hoch zur Chausseestraße, wo sie kurz vor dem Grenzübergang in der Wendeschleife drehte und zurückfuhr über Mitte nach Marzahn, um dort abermals zu drehen und von Marzahn über die Leninallee zur Wendeschleife …
Tag um Tag. Durch Berlins Mitte führte Charitas die Straßenbahn. Das gelbe scheppernde Gefährt, auf ausgefahrenen Schienen, hin und her wackelnd ruckelnd zuckelnd, mit erhobenem Bügel durch die Stadt, rechts konnte man das Lenindenkmal sehen, links den Fernsehturm, und noch viel mehr, wenn man wollte – das wollte Charitas:
Alles sehen.
Mehr, als zu sehen war.

Die Träume der Fahrerin fuhren kostenlos unkontrolliert mit.
An der Komischen Oper würde sie gern halten und auf Sybille warten, wenn sie von ihren Proben oder Auftritten käme. Vielleicht könnte sie sogar vorn bei ihr auf dem Fahrerstuhl Platz nehmen. Aber an der Oper hielt nur der Bus Nummer 9, und Charitas mußte dem Schienenlauf der Linie 11 widerspruchslos folgen, tagsüber ohne Sybille. Aber sie freute sich auf die Nacht, die sie mit der Tänzerin zusammenbrachte, in der man reden, lesen, von Dingen schwärmen konnte, die sie beide über den Tag hinaustrugen. Dann siegten sie über alles Erdrückende: die tägliche Fahrtroute bis zur Wendeschleife und zurück, die täglichen muskelreißenden Proben und abendlichen Vorstellungen am Theater, oder war es die eingefahrene Strecke, nachts nur vom Bimmellicht des Triebwagens erleuchtet, die tote Schlafstadt Marzahn, durch die die Linie 11 rasselte, vereinzelte Spätschichtler dahinbringend, aus der sie nach zwanzig Uhr niemanden mehr zurücknahm in die Stadt, niemanden zur Komischen Oper, ins Kino, zum Liebsten oder dorthin, wo man sich das Herz aufreißen konnte. Am Ende der Leninallee ließ Charitas die Hartgummiräder der Straßenbahn hüpfen und traf sich in Gedanken mit Sybille, die wunderbar tanzte, Brisés Pirouetten Kapriolen, die sie mitriß herausriß aus den durchlöcherten Träumen ins lichtblonde Gespinst ihrer Tollheit bis zur Mollstraße oder zum zweiten Akt *Le Triomphe de L'Amour*

Charitas wußte nicht, was sie überkam, als sie eines Nachts nach Sybilles Hand griff. Mit trappelndem Herzschlag führte sie ihre eigene Hand am Körper der Frau weiter, den Arm hinauf, Schultern Hals Mund. Sybille roch nach

Glück. Blumen Applaus Parfüm. Sie war schön, ein fröhliches schwebendes Wesen und wollte die Berührungen erwidern – eine Sekunde lang spürte Charitas, daß sie es wagen müßte weiterzugehen, denn der Weg war bereitet, abseits fester Schienen, weit abseits aller bekannten und öde gewordenen Vorstellungen vom Glück. Doch da gab es etwas, das die Straßenbahnfahrerin vor der Tänzerin wieder zurückscheuen ließ: das Bewußtsein, daß sie deren Schönheit nicht erreichen konnte. Daß sie anders war.
Grob.

An jenem Samstag im Jahre 1988, da Charitas Handschuk dienstfrei hatte und ihrem ehemaligen Zögling Tänner-Achim begegnete, sollte Sybille, die seit einer Woche mit dem Ensemble der Komischen Oper auf einem Gastspiel in Wien weilte, nicht zurückkommen.
Es war der Tag, an dem alles, was Charitas zu kennen glaubte, übergroß vor ihr stand:
Tänner-Achim mit seinen EinMeterachtzig
Der Fernsehturm
Die Sehnsucht der Nacht, die sie für Sybille offenhielt

Achim hatte Frau Handschuk am Geruch erkannt.
Frau Handschuk war Milch.
Lang war der Ausflug nach Berlin geplant gewesen:
ein Traumziel
das der Waschgerätemonteur Achim Tänner eines Tages ohne weiter zu überlegen in Angriff nahm.
In jeder Minute, die er am Fließband stand, spürte er seinem Traum nach, der noch immer, nach so vielen Enttäuschungen, Vorwärtskommen verhieß und dunkel mit Frau Handschuk zu tun hatte.

Frau Handschuk der Bär war überall dabei.
Ihn nahm Tänner frühmorgens und nach Feierabend in die Hand.
An ihm roch er, wenn er müde war.
Achim sah den Bären in Gedanken aus dem Pelz fahren
Und fuhr endlich selbst los
Nach Berlin in die Hauptstadt.
Wo er auf dem Platz vor dem Fernsehturm Charitas Handschuk begegnete.

Sie wollten nicht glauben, daß sie einander nach so vielen Jahren erkennen konnten und daß sie überhaupt ein Interesse daran fanden, sich nicht mit halbem Gruß sogleich wieder voneinander zu verabschieden.
Achim stand vor Frau Handschuk. Sah ihr von oben herab ins Gesicht, vor dem er erschrak: so ungeahnt alt war es geworden, zerriffelt von der Zeit, die Augen: von sonderbarer Unruhe durchflackert. Dann schoß es Achim durch den Kopf, daß es ja unmöglich sei, so umstandslos seiner Liebe zu begegnen. Von Wald und Waschgerätewerk wie im Zauberflug hierher zur Stadt gebracht.
Liebe! War es das überhaupt?
Frau Handschuk der Bär in der Aktentasche.
Er schien sich zu rühren zu brummen.
Heißschamig trat Röte in Tänners Gesicht.
Jetzt war Frau Handschuk an der Reihe, ihn zu erkennen: noch immer dieses schüttere Jungenhaar, den frechen, wiewohl verträumten Blick, wenn auch inzwischen aus Männeraugen, aber über Männeraugen wollte sich Charitas keine Gedanken machen, es sollte keine Männeraugen mehr für sie geben, seit sie Sybille kannte, und die würde heute abend wieder bei ihr liegen oder

»Das ist ja eine Überraschung«, hörte sich Charitas sagen. Vor Verlegenheit grinsend, vor Scham, die sich wie eine Fontäne in ihm verbreitete, schüttelte Achim die Hand der Frau, schüttelte sie lange lange und versuchte – gegen seinen Willen – sich die Urzeiten seines Lebens ins Gedächtnis zurückzurufen:
Wandzeitung Milchreis Schlafparade Abziehbilder
Schon glaubte er, Frau Handschuks geblümtes Sommerkleid sei eine rosaweißgestreifte Schürze, und dieser Geruch! Milch! aber es war der Rosenduft, auf den ihn Frau Handschuk traumtötend hinwies:
»So viele Rosen dieses Jahr!«
Sie lud Achim ein, mit ihm durch die Blumenanlagen zwischen Fernsehturm und Neptunbrunnen zu bummeln, denn daß man sich nach so langer Zeit wiederbegegne, grenze schon an ein Wunder, und es hätte sich ja so vieles verändert.
»Alles«, sagte Achim.
Er betastete seine Aktentasche: die Wölbung des Spielzeugbären. Ich muß ihn loswerden, dachte der Mann, es ist eine Katastrophe mit mir, ich bin krank blöd hirnrissig verloren, ich werde gleich sterben müssen, wenn
»Na, komm schon.«
Komm! hatte Frau Handschuk gesagt. Du. Wie zu einem Kind. Was ahnte sie? Solche Weiber konnten durch Aktentaschen gucken. Brennesseln und Seidelbast.
Nein!
Tänner wollte nicht durch Rosen spazieren. Trotzig sagte er, er sei am Verdursten und müsse jetzt ein Bier trinken.
Bier!
Biertrinken mit Frau Handschuk.
Vor ihnen der Fernsehturm, auf dessen Betonstreben Kin-

der kletterten, die silberne, langsam rotierende Kuppel, und in ihr das Fernsehturmcafé, von dem aus man einen weiten Blick über die Stadt hatte, so weit, daß man leicht die Orientierung verlor.
Bier im Fernsehturmcafé.
Tänner-Achim und Frau Handschuk ließen sich drehen. Im Himmel von Berlin. Sommerdornengewölk. Das sie aufriß, anfeuerte, und ohne daß sie sich erklärten, wohin sie das Leben gebracht hatte, spürten sie die Lust, es weiterzubringen. Von dieser Minute an waren sie füreinander vorgesehen, egal, ob Wahnsinn Zufall Gesetz sie dahin gebracht hatte
Jetzt aber
drehen drehen drehen
das Fließband die Kuppel, von der aus Blicke in Verbotszonen aller Art schweifen. Was für ein Ausflug! Höhenflug. Alle Himmel offen: nord ost süd west. Abhauen dürfen, ach!
»Was denkst du?«
Charitas ergriff Achims Hand.
»Ich seh' etwas, das du nicht siehst ...«, sagte der Junge.
Er zeigte nach draußen, wo ein Krähenschwarm vor dem Kuppelfenster vorbeiflog, am Forum-Hotel drehte und abschwenkte Richtung Volksbühne.
Charitas Handschuk stand mit einem Ruck auf. Blaß war sie geworden. So nicht! dachte sie, *du* nicht!
Im Fahrstuhl, der die beiden Gäste wieder nach unten brachte, entschuldigte sich Achim für etwas, das er nicht getan, von dem er nur spürte, daß er damit seine Liebe verletzt hatte.
Schweigend verliefen Charitas und Achim den Nachmittag. Berlin zeigte sich eistütenbunt. Als Achim im Begriff

war, für sich und Charitas ein Eis zu spendieren, öffnete er die Aktentasche, um seine Geldbörse herauszuholen. Er hielt Frau Handschuk den Bären in der Hand. O Gott, dachte er, ich hatte ihn vergessen.

Charitas bemerkte das Tier in Achims Tasche nicht.
Charitas bemerkte Achims Angst nicht.
Seit dem Besuch im Fernsehturmcafé verspürte sie keine rechte Lust mehr, sich weitere Stunden mit dem Jungen zu beschäftigen. Er verströmte so einen dumpferdigen Geruch.
Er führte Sprüche im Mund, die sie zerlöcherten.
Der Abend rückte näher. Mit ihm Sybille und die Furcht, diese Liebe könnte vergeblich sein.

Daß Tänner schließlich doch in Charitas' Wohnung landete, verdankte er seiner eigenen Kühnheit: er hatte sich ihr einfach angeschlossen. Er wollte bis zum Ende des Traumes gelangen, wie immer er ausging.
»Wenn Sybille kommt, gehst du«, sagte Charitas.
Streng war sie, ganz kindergartentantenhaft. Sie saß vor Tänner auf dem Teppich, im blumenduftenden Sommerkleid, die nackten Beine lang gestreckt, die Zehenspitzen berührten seine Hosenbeine. Eine alte Standuhr tickte die Zeit voran, jeden Augenblick würde Sybille vor der Tür stehen, angereist aus der fernen Stadt Wien, den Koffer voller Geschenke.
Die Uhr tickte.
Mitternacht
Eine Stunde später
Später
Die Zeit der verlorenen Hoffnungen

Charitas Handschuk lag die Nacht und den Morgen wach. Neben ihr unter der Decke schlief Tänner-Achim, ihr ehemaliger Zögling aus versunkener Zeit. Sybille war nicht gekommen.
Das Telegramm aus Wien, auf dem Sybille ihr mitteilte, daß sie nicht wieder zurück nach Berlin kommen werde, erreichte Charitas erst am Montag.
Zuvor hatte sie, sprachlos vor Sorge und Enttäuschung, Achim im Ostbahnhof in den Zug gesetzt, der ihn wieder nach Hause bringen sollte.
»Hab' mich gefreut, dich zu sehen«, sagte sie beinahe tonlos zum Abschied.
Tänner nickte. Er hatte sich auch gefreut.
Wie ausgehöhlt war er vor Freude.

Als der Zug anrollte, zog Tänner-Achim das Fenster herunter und warf Frau Handschuk den Bären hinaus. Am Ende des Bahnsteiges hob ihn Charitas auf. Sie wußte nichts anzufangen mit ihm.

Im September 1989, nachdem mehr als ein Jahr vergangen war und weder Sybille noch Achim den Weg unter Charitas' Decke gefunden hatten, nachdem Charitas jeder Gedanke zu eng und die Strecke der Linie 11 ihr überdrüssig wurde, als die ersten Leute während der Fahrt auf- und absprangen, todesmutig, lebenslustig, und mancher ohne zu zahlen fuhr oder die Notbremse zog, aber das überhörte Charitas Handschuk, es kann nicht genug passieren, dachte sie, ich muß weiter, ich will meine Liebe zurück, und als Fahrkartenkontrolleure als bewaffnete Polizisten die Straßenbahn stürmten, als Charitas doppelläufige Flinten sah, drehte sie auf

Weiter fuhr sie, als sie je gefahren ist Marzahn Leninallee Mollstraße Invalidenstraße bis hoch zur Chausseestraße aber bog nicht Wöhlertstraße ab nicht wie sonst zurück auf Pflugstraße Schwarzkopfstraße nicht die Wendeschleife sondern ratterte geradeaus weiter hoch erhobenen Triebwagenbügels donnerte durch die Grenzstation hindurch auf fremde Schienen. Charitas' Straßenbahn war stärker als alle Pfähle Mauern Schüsse

An jenem Tag, am Fließband der Fertigungshalle II im VEB Waschgeräte Schwarzenberg, teilte Monteur Tänner seinen Kollegen mit, in Berlin sei der Bär los. Er hätte es in der Nacht per Telefon erfahren. Das könne nicht wahr sein, meinten die Kollegen, Tänner hätte sicher wieder seine Berlin-Macke, denn hier draußen sei alles ruhig, kein Mensch auf der Straße, das Band liefe wie immer, aber Tänner schrie, tobte: er sei nicht verrückt, die Grenze sei offen!
»Mir glaabn dr ka Wort«, sagten die Kollegen, »namm Baldrian un gieh nach Haus schlofn!«

In der Nacht, da alles gekippt war, hatten sich mehrere Felssteine aus dem Fundament des Spinnhauses gelöst. In den letzten Wochen hatte es heftig geregnet, das Grundwasser war durch den Berg gestiegen und hatte einen Teil des Kellers unterspült. Der November schickte eisige Böen vor, brachte von Böhmen sauren Regen, der die Bäume braunfaulen ließ. Es folgte Hagel, daraufhin eine ungewöhnliche Herbsthitze, dann wieder Regen.
»Dos is a Wetter zun Sterbn«, sagten die Leute.

Zeichenstunde

Zur ersten Zeichenstunde, die Lehrer Schiebold in der siebten Klasse der Neuwelter Schule abhielt, forderte er die Schüler auf, zum nächsten Unterricht eine Kaffeetasse aus dem elterlichen Küchenschrank mitzubringen. Sie taten es und schafften heran, was die heimischen Geschirrlager zu bieten hatten:

Tassen
aus Porzellan, weiß, in sich gedreht mit rosa Rosen grünen Lilien
porzellanene Kunstwerke nach chinesischer Art gepunktet hauchdünn drachenfarbig
Sammeltassen schrillbunt mit Goldrand und Henkel
bizarre Tierschnäbel Schmetterlingsgewirr
Tassen
mit Zwiebelmuster Rauten und Ranken
und immer wieder goldbesetzte Kopien ferner vornehmer Träume
Schnörkeltassen nach Art Delfter Fayencen
wilde Dekors das edelste vom Kaffeetisch
nachempfunden dem edelsten der Welt Meißen & Kopenhagen nachempfunden königlichen Manufakturen
schlingernde aufeinandersitzende verschmelzende überbordende Muster
erhabene Blumen auf erhabenem Stuck
in billiger Manier hergestellt aber auch

Tassen
aus Steingut Keramik Gebrauchsporzellan
angeschlagen einfarbig, nur hier und da eine Blume, ein klares Dekor, ein winziger Goldrand, ein eingedrehtes Muster
schnörkellos in schöner Form
Tassen

die Lehrer Schiebold aus dem Sammelsurium, das ihm seine Schüler herangeschafft hatten, erwählte. Er hielt die Siegertassen einzeln hoch und zeigte an jeder deren Vollkommenheit. Farbe und Form im Einklang miteinander. Das Notwendige, das den Gebrauch bestimmt.
Lehrer Schiebold erklärte den Unterschied zwischen Kunst und Kitsch.
Es waren nur wenige Tassen, die in seinen Augen Gnade fanden. Die Opfer seines Spottes faßte er mit spitzen Fingern; ein ironisches Lächeln auf den Lippen, demonstrierte Schiebold falschen Überfluß und Häßlichkeit.
Still war es in der Klasse. So etwas hatten die Schüler noch nie erfahren: einen ästhetischen Angriff auf die eigene Küche. Keiner von ihnen hatte schon einmal seine Frühstückstasse mit kritischen Augen betrachtet. Nun kam Lehrer Schiebold und stichelte.
»Schaut euch dieses Scheusal an! Ein Monster an Häßlichkeit! Der Kakao bleibt einem in der Tasse kleben bei so viel Schnickschnack! Eine Kaffeetasse soll das sein? Das ist ein Schrumpfnachttopf mit Blümchen!«

Vor allem die Mädchen fanden, daß Lehrer Schiebold selbst die Vollkommenheit in Person war: der junge schwarzbärtige Mann mit dem koboldhaften Blick bezauberte die

Vierzehnjährigen nicht nur durch seine unterrichtsuntypischen Reden.
Zu Hause offerierten die Schüler ihren Eltern, daß sich in ihren Küchenschränken vornehmlich *Kitsch* befände.
»Wer ho' denn dan Scheißdrack darzehlt?«
Das Wort *Kitsch* machte die Runde. Schiebold schärfte den Blick der Jugendlichen. Er zwang sie, alles, was sie umgab, auch alles, was sie gehört oder gelesen hatten, erst einmal zu hinterfragen. Sie sollten die Welt, in der sie lebten, nicht einfach hinnehmen. Das Schöne müsse erkannt, das Fürchterliche belacht werden.
Lehrer Schiebold machte es vor.
Er ging mit seinen Schülern auf Ausstellungen und in Konzerte. Er ließ sie reden schimpfen fragen. Sie spielten Theater, schrieben Gedichte. Er unternahm mit ihnen Exkursionen. Zeigte ihnen die Natur: das Gebirge in seiner Größe, in seinen Krankheiten. Er stellte sich nackt auf das Lehrerpult und lehrte die Schüler einen Akt zeichnen.
Lehrer Schiebold lehrte nicht nach Plan.
Die Schüler liebten ihn dafür.
Eine Ausstellung mit den Aktzeichnungen der Schüler wurde von der Lehrerschaft untersagt.

Ein alter Steinbruch im Ratsförstel, aus dem sich ein See gebildet hatte, diente Schiebold und seiner Klasse als Treffpunkt für außergewöhnliche Versammlungen. Dort erzählte der Lehrer Geschichten, die den Kindern Gruseln und Lachen beibrachten. Er wußte vom Erzgebirge, was andere nicht wußten, was verschwiegen wurde, weggeschlossen in hartnischige Erinnerungsbunker.
Er kannte alle Geschichten aus dem Spinnhaus.
Die Schüler waren gern bei ihrem Lehrer. So gern, daß die

Mädchen voreinander schwärmten, wer wohl die meisten Blicke des Lehrers empfangen, wer wohl seine höchste Sympathie erringen würde. Sie zogen ihre knappsten Röcke und Nickis an und lösten ihr Haar, wenn sie mit Schiebold zusammensaßen.

Gitarrenmusik wurde am See gespielt, Grillfeuer gezündet, Bücher gingen von Hand zu Hand.

Wolzack-Roland, einer der Klassenbesten, fotografierte.

Der See lud zum Baden ein. Nackt. In Einklang mit der Natur.

Lehrer Schiebold machte es vor.

Die Schüler folgten ihm in das eiskalte Wasser. Wenn sie um ihn herumschwammen, öffnete sich der Himmel über Neuwelt.

Wolzack-Roland fotografierte.

Eines Tages lagen die Fotos im Lehrerzimmer aus.

Schiebold betrat wie jeden Morgen tatkräftig heiter die Schule. Wolzack fing ihn auf der Treppe ab und fragte scheinheilig, was man denn heute Interessantes von ihm erwarten könne.

»Ihr werdet die Welt nicht mehr verstehen«, versprach der Lehrer.

Keiner erklärte den Schülern der siebten Klasse, daß und warum es für Schiebold fristlose Entlassung gab. Es wurde einfach ein Ersatzlehrer in die Zeichenstunde geschickt.

Der arbeitete nach Lehrplan.

Den bewarfen die Schüler sofort mit Drahtkrampen.

Zu Hause wurden die Schüler von ihren Eltern verhört. Besonders den Mädchen redete man ins Gewissen, alles zuzugeben, was Schiebold mit ihnen gemacht hätte.

Es gab nichts zuzugeben.
In mancher Küche ging am nächsten Morgen, im Zorn von den Schülern geworfen, Geschirr zu Bruch: Kaffeetassen mit Schnörkeln, wilden Dekors
mit Goldrand und Bildern, auf denen der Hirsch röhrte, auf denen alles zuviel zuviel war

Mortijn, Amati und Bawissja

Der Winter 2003 blies sich zu einer mächtigen Kreatur auf. In fetten Flocken überließ er seine Last dem Spinnhaus. Auf den Fenstersimsen bildeten sich harsche Krusten. Schnee fiel darauf, mehr mehr. Weiße Wolken nahmen bald die unteren Fensterviertel ein. Wer sie nicht herunterkehrte, war bald vom Schnee eingeschlossen.
Die Tannen im Wald: glitzernde Spitzberge. Krähen fielen von den Bäumen. Im Fall rissen sie den Schnee mit sich.

»Du lieber Herr!« stöhnte Barbara, die, alt wie der Miriquidiwald, zusammen mit ihren Freundinnen Katharina und Margaretha wie jedes Jahr zur Weihnachtszeit gerade die selbstgebackenen Butterstolln zu Semmelweis-Märrie bringen wollte. Per Schlitten vom Spinnhaus durch den Wald, den Geringsberg hinunter, rutschend zuschelnd hutschend, aber Schnee Glätte Knochenschmerz nahmen sie auf sich, wenn nur alles so bliebe, wie es immer war.
Die Stolln hatten sie diesmal noch umsichtiger in Butterbrotpapier und Wolldecken verschnürt, damit die leckeren Bornkinnel nicht hinunterrutschten und auseinanderbrächen.

Am frühen Nachmittag, kurz vor Einbruch der Dunkelheit, gingen die drei Weibsn los. Sie kannten den Weg. Blind vermochten sie ihm zu folgen. Jede Biegung, jeder Stein, jeder Baum war ihnen vertraut. Der Schnee glitzerte. Das

Knirschen der Schlittenkufen gab ihnen die Ruhe, die sie brauchten, um ihr Alter immer wieder zu überlisten: Wir schaffen es auch in diesem Jahr! sagten sie sich, und zogen den Schlitten, und schoben ihn, und hielten ihn im Gleichgewicht, wenn er an einer Schneewehe umzukippen drohte.
Trotzdem alles so war wie jedes Jahr, nur der Winter hatte ein wenig härter eingeschlagen als sonst. Die Frauen verspürten eine sonderbare Furcht. Als hätte es jemand auf ihre Fracht abgesehen.

Es hieß, mit dem Schnee komme der Bär nach Neuwelt.

Schweigend schob sich der Altweibertreck durch den Wald. Der Himmel: schwer bewölkt. Gleich würde es wieder schneien. Kein lebendes Wesen hielt sich im Wald auf. So hofften Barbara, Katharina und Margaretha.
Zogen voran, stapften, hinterließen tiefe Stiefelspuren im Schnee – und vor ihnen zog sich ein unendlicher Weg mit seltsam grauer Sicht. Gegen ihre Gewohnheit legten die Alten eine Rast ein, um sich zu bekreuzigen.
Es begann zu schneien.
Weiche wirbelnde Bällchen, die sich auf Mäntel und Mützen der Alten legten. Auch das Stollnfuhrwerk wurde beschneit. Im Neuschnee war es noch beschwerlicher voranzukommen, und der Schlitten blieb immer öfter stecken.
»Dos is 'n Zeign von ubn«, klagte Margaretha.

Plötzlich standen sie vor dem Haufen.
Der mitten auf dem Weg aufgetürmt war, kurz bevor er neben dem Sportplatz eine Kurve machte und die ersten Häuser vom Geringsberg zu sehen waren. Ein Haufen von

der Größe einer heimlich abgekippten Fuhre Müll. Überzogen mit Schnee. Nicht wegzuschieben, nicht zu umgehen.
»O du Jesus!« flüsterte Katharina.
»Nee, dos isser net«, sagte Barbara. »Dos is a Viech.«
Den Weibsn blieb der Atem stehen. Das war nicht gut in ihrem Alter, denn Margaretha spürte ihr Herz kreuzquer schlagen, Barbara konnte kaum die Knie gerade halten, und Katharina wurde schwarz vor Augen.
»Gehmer zurick«, sagte Barbara.
Aber der Schnee hatte ihnen auch den Rückweg abgeschnitten.
»Mir wecken den auf«, empfahl Katharina.
Sie schickte dem Himmel bereits einen Gruß. Katharina war es auch, die ihren Vorschlag sogleich in die Tat umsetzte, indem sie ihren Krückstock in den Haufen hineinstieß. Ohne den angstvollen Protest der Freundinnen abzuwarten, bohrte und stach Katharina in den Haufen hinein, bis sich derselbe zu rühren begann, der Schnee herunterrutschte, das Gebilde sich stöhnend und brummend auflöste und
zwei Gestalten vor den Weibsn standen:
wie Tiere riechend aber
aufgerichtet und schlank wie Menschen.
»Mei lieber Schrulli!« sagte Barbara.

Das Gewölk am Himmel hatte sich verzogen. Der Mond machte sich breit und beleuchtete jene Szene, die sich auf dem Gipfel des Geringsberges abspielte. Gleich einem Suchscheinwerfer knallte der Mond sein Licht in die Gesichter der beiden Menschen, die erschrocken vor den Spinnhäuslerinnen standen. Jene, ebenso erschrocken, jedoch er-

leichtert, daß sie keinem Bär begegnet waren, starrten die Fremden an.
So etwas von Mensch hatten sie noch nie gesehen:
dunkel, ein Mann, eine Frau, die Gesichter dattelbraun, korinthenschwarze Augen, die Frau: auf der Stirn einen purpurnen Punkt, tiefschwarzes Haar unter zerfetzten Tüchern, überhaupt:
alles war an den Fremden zerlumpt zerhadert zerschlissen –
Die fromme Katharina, die so unerschrocken mit den Stiefeln zugetreten hatte, glaubte in diesem Moment, den Heiligen Lazarus und eine seiner Schwestern zum Leben erweckt zu haben.
»Jesus, wer bin ich?« flüsterte Katharina erschrocken.
Sie tastete nach den unter Schnee und Decken verpackten Butterstolln, in der Hoffnung, noch auf der Erde zu weilen.
Soweit war alles in der Ordnung.

Der Mann und die Frau, wer immer sie waren, redeten in einer Sprache, die keine der Alten verstand. Barbara schlug vor, den Fremden einen Stolln abzugeben und sie in Gottes Namen weiterziehen zu lassen. Margarethe wollte sie vor den Schlitten spannen, mit ihnen gemeinsam zu Semmelweis-Märrie gehen und von dort aus die Polizei rufen. Katharina verspürte einen goldenen Schein um ihre Stirn, berührte die beiden Zerlumpten mit den Fingerspitzen, in der Hoffnung, sie würden sich augenblicklich zu erkennen geben.
Aber nichts von alldem gelang.
Die Frau holte ein Bündel aus den Tüchern, in die sie gehüllt war, hervor und überreichte es Katharina. Es war

so groß wie ein Butterstolln. Die Frau flüsterte noch etwas, dann weinte sie und setzte sich in den Schnee. Der Mann versuchte, sie aus der Kälte hochzuziehen. Dabei hielt er immer den Blick auf die Weibsn gerichtet und auf das Bündel, das Katharina, bis ins Innerste erschrocken, weit von sich hielt.

»Mortijn!« sagte der Mann und tippte mit dem Finger auf seine Brust.

»Amati!« Er zeigte auf seine Frau.

Auf das Bündel weisend, sagte er:

»Bawissja«.

Dann brach auch er in Tränen aus, ging auf die Knie, drückte sein Gesicht in den Schnee, wieder und wieder, bis er sich erhob, seine Frau unterhakte und, als hätte er kein Gewicht zu tragen, im verschneiten Unterholz verschwand.

In diesem Jahr trafen Barbara, Katharina und Margaretha erst gegen Abend in Semmelweis-Märries Rilpsstübel ein. Man war bereits in Sorge um die Alten, aber als sie statt der üblichen drei Stolln diesmal ein viertes Päckchen auf den Tisch legten, war die Freude groß. Es gab genug Menschen, denen die Genüsse knapp waren.

Barbara schnitt die Stolln auf.

Dicke Scheiben mit buttergetränktem Zucker, weihnachtsduftend und beruhigend, daß alles so weiterging wie immer.

Eins zwei drei Stolln.

Auf dem vierten lag schützend Katharinas Hand:

Das sei ein ganz besondrer Stolln. Der einzig wahre. Der süßeste, der endlich auf die Erde zurückgekommen sei.

Die Gäste im Rilpsstübel waren nur schwer zu beeindrukken. Sie hatten Hunger und für die Geschichte, die die Al-

ten erzählten, nur Grinsen übrig. Semmelweis-Märrie allerdings bestätigte kopfnickend:
»Jaja, die Neecher sinn itze ieberall.«

Gegen Mitternacht beschloß der Rilpsstübel-Stammtisch, das Bündel zu öffnen. Nicht, daß jemand noch Appetit verspürte, aber neugierig war man doch, was in dem Bündel sein könnte.
Katharina löste die Schnüren. Unter dem schmutzigen Wolltuch kam ein kostbares Leinentuch zum Vorschein, dann eine Windel, und unter der Windel –
ein Kästchen. Mit Perlmutt- und Achatplättchen bestückt. Malachite Türkise Zinnober und Diamanten zierten den Deckel. Es duftete nach Mandeln und Zimt.
»Donnerlittchen!« sagte Semmelweis-Märrie.
Katharina hob den Deckel des Kästchens. Millimeter für Millimeter öffnete sie das glitzernde Behältnis, von Wonneschauern durchflutet, jetzt war ES nah, ganz nah –

auf silbernem Tuch lagen Knöchelchen.
Ein Dutzend. Weiß, sauber, wie von Mondlicht durchflutet.
Still wurde es in Semmelweis-Märries Lokal.
Die Knochen glänzten.
Einmal im Jahr rückte man hierorts so zusammen, daß man glauben wollte, nur für diese Stunden zu existieren.
»Gehmer«, sagte der Förster zu seiner Frau.
Sie verließen das Rilpsstübel und mit ihnen die anderen Gäste.

Der Schandbrief

Es ging um Demuth-Christoph das Gerücht, daß er als Kind Mädchenkleider getragen habe.

Seine Mutter, die Freytagin, hieß es, sei halb Mann halb Frau gewesen, halb Arnfried, halb Arne und habe zwei Brüste sowie einen Schniebl besessen.
Der Instrumentenbauer Demuth-Frieder aus Alberoda habe dies herausgefunden, als er einen Auftrag für ein Klavizimbel erhielt und sich über den Kunden nicht klar wurde, welcher Gattung Mensch er angehöre:
Mit tiefer Stimme forderte die Freytagin das Instrument, beugte sich gleichzeitig
vollbrüstig über die Tastatur und schlug in süßem Sopran ein Lied an.
Nach einigen Lehr- und Spielstunden sah Frieder das zwiegestalte Wesen als Vollendung der Schöpfung: hier konnte er alles haben, war nicht festgelegt auf Baß *oder* Sopran. Die Freytagin war ein Kunstwerk ohnegleichen. Und Frieder liebte die Kunst.

Es gab eine große Hochzeit.
Hinter Arnfrieds Schniebl fand sich Arnes Geschlecht. Voll ausgebildet, bis in die Tiefen hinein bereit, Frieder zu empfangen.
So gelang es 1899 dem Instrumentenbauer, Christoph zu zeugen.

Arne gebar ihn nach sieben Monaten: das winzige Ding rutschte unter den Hodensäcken seiner Mutter heraus, atmete und lebte zu aller Erstaunen. Zwei Tage nach der Entbindung starb Arne an einer inneren Blutung.
Die Dorfweibsn beglückwünschten Frieder zu diesem Tod, da Gott ihn von einer widernatürlichen Teufelsbuhlerin befreit habe. Die Hebamme verschrieb dem Neugeborenen Stutenmilch.

Diese Geschichte erzählte man sich in Semmelweis-Märries Rilpsstübel noch im Jahre 2003, hundert Jahre nachdem sie stattgefunden haben sollte. Es gab jedoch Leute, die bestritten deren Wahrheit:
nein, die Freytagin habe keine Brüste besessen, sondern ein Mannsfell sei ihr dortselbst gewachsen …

Das Kind Christoph wurde ausgemessen. Mit Augenmaß Schneiderband Zollstock. Von Kopf bis Zeh. Man kam zum beruhigenden Ergebnis, daß es voll und ganz ein Junge war. Allerdings besaß der Junge, seit er sich allein anzukleiden vermochte, die Neigung, in Kleider und Röcke zu schlüpfen.
Er fand sie auf Vaters Holzboden in einer verschlossenen Kiste:
Mutters Kleider, in die er hineinstieg, sich darin einwikkelte, vermummelte – und da Christoph klein und hievelig von Gestalt war, rauschte er wie ein verkleideter Opernzwerg durch Alberodas Gassen.
Frieder, dem schon die Zwitternatur Arne-Arnfrieds herzklopfendes Vergnügen bereitet hatte, konnte dem Wesen seines Sohnes nichts Unnormales zuschreiben. Somit waren ihm auch Gefühle wie Scham oder Entsetzen fremd.

Christoph lernte von selbst Stricken Sticken Häkeln. Zu seinem sechsten Geburtstag wünschte er sich einen Klöppelsack mit allem Zubehör. Bald beherrschte er die Spitzenklöppelei wie kein anderer im Erzgebirge. Ganz Alberoda lachte über ihn.

Von seiner Jugend an mußte Christoph sich zwingen, Hosen zu tragen. Er tat es um des Friedens willen, ließ sich sogar einen Bart wachsen und fand an Mädchen Gefallen:
Wunderschöne, bizarr gemusterte Decken und Tischborten, die er selbst geklöppelt hatte, machte er ihnen zum Geschenk. Die Mädchen nahmen die Kunstwerke an und ließen ihn stehen. Lästerten, tratschten in gemeiner Sperrguschenart.
1917 stand Christoph vor der Klöppelschule in Schneeberg und verlangte, Unterricht zu geben. Spott und Aufregung waren groß. Man warf ihn hinaus in der Annahme, er wolle die Mädchen verderben und dem Handwerk Schande antun. Nirgendwo auf der Welt würde es einen klöppelnden Mann geben.
Da Demuth-Christoph zu nichts anderem als zu Handarbeiten nütze schien, ja selbst sein Vater ihn nicht für den Instrumentenbau gebrauchen konnte, benannte sich der junge Mann selbst zum Lehrer.

Er zog durchs Land.
Mit Klöppelsack Tüchern Garn. Mit Nadeln Dudeln Musterpappen. Von Alberoda nach Schlema, von Schlema nach Aue, von Aue über Lauter nach Neuwelt. An jedem Ort, in jedem Nest warb er für seine Kunst. Der schlanke spitznasige Mensch, der den herzförmigen Mund seiner

Mutter besaß, dessen hohe Jochbeine von feiner Intelligenz kündeten, lehrte Frauen und Mädchen das Klöppeln. Erst waren es wenige Neugierige, die sich einen Jux aus dem Kerl machen wollten, bald aber stellte sich heraus, daß diejenigen, welche das Handwerk ernst nahmen, bei Christoph beste Voraussetzungen erwarben, Meisterklöpplerinnen zu werden.
Es sprach sich herum.
Unter Männern galt Demuth-Christoph als einer »mit 'ner Meise unnerm Ponny«. Unheimlich war er ihnen, weil er trotz seiner Unmännlichkeit bei den Weibsn Erfolg hatte und seine Spitzen reiche Abnehmer fanden. Man hätte ihn gern in eine Falle gelockt. Bevor sich die Männer aber besinnen konnten, war Christoph schon aus dem jeweiligen Ort verschwunden. Wie ein Geist erschien er dann anderswo, verbreitete seine Kunst, erweckte Mädchenherzen und entschwand, wenn er Gefahr im Anzug spürte.
Für den Krieg taugte er nicht. Wurde als kampfunfähig ausgemustert. Eine schlimme Geschichte begann.

1942, eines Nachts, Christoph hatte gerade sein Lager in der Nähe von Bockau aufgeschlagen und den Tag über einige Jungmädel in das Klöppelhandwerk eingeführt, standen zwei Häscher vor der Tür. Wortlos nahmen sie ihn mit, barfuß, im Nachthemd, traten ihn in den Leib, als er, wie es seine Art war, entwischen wollte. Sie luden den Bewußtlosen in ein Automobil.
Christoph erwachte in einem Raum, den er erst als Maleratelier, später als ärztliches Untersuchungszimmer deutete:
die weißen hohen Wände, der Geruch nach Lösungsmittel, die seltsamen Gerätschaften und Instrumente. Chri-

stophs Kopf schmerzte, als hätte man mit Nadeln einen Schandbrief darauf fixiert.
Der Arzt ließ Christoph auf einem Drehhocker Platz nehmen und den Körper vollständig freimachen. Nackt saß er da und mußte über sich ergehen lassen, was ihm in harmloser Form schon einmal als Säugling widerfahren war:
man maß ihn aus.
Mittels Bändern Zirkeln Zollstöcken stellte Professor von Arendt fest, welcher Art und Natur Demuth-Christoph war. Während der Assistent die Ergebnisse aufschrieb, referierte von Arendt die Einschätzung des Patienten:
»... ist biologisch scheinbar völlig gleichgeartet dem gesunden Menschen, mit Händen, Füßen und einer Art von Gehirn, mit Augen und Mund, und doch ist er eine andere, furchtbare Kreatur, nur ein Wurf zum Menschen hin, mit menschenähnlichen Gesichtszügen, geistig jedoch tieferstehend als jedes Tier. Im Inneren ist dieser Mann voller kranker, weil weiblicher Eigenschaften mit primitivster Begierde und unverhülltester Gemeinheit!«
Diese Diagnose erreichte Christoph im Zustand stechenden Schmerzes. Er konnte kaum noch wahrnehmen, wie ein weiterer Mann den Raum betrat: in Uniform, *Glückauf!* rufend und *Heilhitler!* und *Lauf!*

Christoph wurde mitgenommen, barfuß, im Nachthemd, die Straße entlang, linkszweidrei, an seiner Seite noch mehr Männer, *Heilhitler!* und *Guckt eich neere mol dan Hornochsen a!* Sie schleiften Christoph durch die Nacht, durch den Wald, bis zum Heidefelsen. Der Klöppler mußte klettern. Barfuß im Nachthemd. Vorangestoßen von den SS-Männern. *Lauf!* Bis auf den Gipfel, auf dem ein

Plateau schönste Aussicht bot. Dort stellten sie Christoph in den Wind. Setzten sich um ihn wie um ein Lagerfeuer. Er brannte vor Scham. Der Kopf stach noch immer. Stärker wurde der Schmerz, ziehender, zerrender, bis er überging in leichten weißen Nebel. Christoph sah Tücher Decken Garn Klöppelsack. Er sah die rotblau gemusterten Dirndln der Weibsn, ihre Hauben, darunter die freundlichen Augen, die er kannte, und Christoph begann zu klöppeln. Seine Finger steckten hefteten zogen das Garn, sie drehten kreuzten schlugen die Luft, das Muster auf dem Klöppelbrief stimmte nicht mehr, es mußte mit Nadeln umgesteckt werden, Christophs Finger steckten wickelten sprangen hin und her, in Tüll oder Leinen, was klappert so leis in der rauschenden Nacht, klippklapp klippklapp klippklapp.

Solch eine Vorstellung hatten die Männer auf dem Heidenfelsen nicht erwartet. Noch nie ist ihnen, wenn sie sich auf einen Transport ins Lager Venusberg begeben hatten, etwas derart Komisches untergekommen. Sie schauten dem verrückten Kandidaten zu, wie er zehnfingrig wild vor sich hin klöppelte, ohne Sack und Kissen, ohne Stoff und Garn. Nur die Hände flatterten, und das Nachthemd blähte sich im Wind.

Da begannen die Männer zu lachen, daß der Wald erscholl. Es war ein tierisches dröhnendes Gelächter, und Christoph machte weiter und lächelte auch. Sie riefen *Los! Los! Zeig uns deine Spitzen!*

Sie ließen ihn um sein Leben klöppeln.

In diesem Moment brach einer der SS-Männer zusammen. Mitten im Lachen stürzte er zu Boden, griff sich noch einmal an den Hals und starb Sekunden später.

Man ließ Demuth-Christoph einfach stehen.

Der Vorschlag des Offiziers, ihn auf der Stelle mit einem Schuß zu erledigen, wurde mit der Warnung zurückgewiesen, der Kerl sei wahrscheinlich mit dem Teufel im Bunde und würde sich nach seinem Tod bei ihnen allen rächen: jeder, der seinem Geist begegne, würde sich totlachen. Das war ein überzeugender Einwand.

Zwei Jahre, munkelte man, habe sich Christoph von dieser Nacht an durch die Wälder geschlagen und in Erdhöhlen gelebt. Andere meinten, er hätte im Böhmischen einer Brauerstochter beigewohnt, die ihm ihre Kleider geliehen sowie einen neuen Klöppelsack geschenkt hätte.
Wie immer es gewesen war, jedenfalls stand Demuth-Christoph an einem Januartag 1945 vor der Waschkellertür des Spinnhauses und zeigte Zschiedrich-Lotte seine Spitzen. Er behauptete, er könne ihr beibringen, wie man derartige Meisterwerke ohne große Übung herstelle. Die Zschiedrichen, indem sie die Spitzen mit den Fingern zwirbelte, entgegnete:
»Wär dos ze Fressn, tät ma a zammkomme.«
»Das wird euch alle satt machen«, versprach Christoph.
Bei diesen Worten lüpfte er ein wenig seinen langen schwarzen Mantel und ließ etwas durchscheinen, was Lotte und sämtliche Weibsn der Waschanstalt einen Schrecken versetzte: unter dem Mantel trug der Kerl Kleider. Einen baumwollenen Rock, darüber eine Schürze, wie es hierzulande üblich war.
»Zieh Leine!« sagte die Chefin.
Schlimmer als die Angst vor den vorrückenden Amerikanern und Russen empfand Zschiedrich-Lotte den seltsamen Menschen.

Wo Demuth-Christoph am Tor herausgeworfen wurde, trat er durch die Hintertür wieder ein. Im Spinnhaus tauschte Uhlig-Trulla, die selbst den Titel Klöppelmeisterin für sich beanspruchte, ganz unkünstlerisch einen Kriegskuchen aus Kaffeesatz gegen drei Spitzenborten. Röder-Erna nahm Christoph ein Dutzend geklöppelte Überhandtücher gegen eine halbe Blutwurst ab. Milchmann Stülpnagel vermachte ihm etwas saure Milch für eine Festtagsdecke.
Christophs Spitzentücher waren es, die als weiße Fahnen der Kapitulation die Spinnhäusler samt Waschweibsn vor den Russen überleben ließ.

Es ging das Gerücht, der einzige Klöppler des Erzgebirges besäße außer der Fähigkeit zu klöppeln auch die Begabung des Durchs-Schlüsselloch-Schlüpfens. Mutter Bauersachs schwor, sie hätte von ihrer Schwester aus Raschau gehört, er sei bei ihr durch den Kamin gekommen und hätte ihr unter den Rock gewollt. Nobis-Susanne wußte zu sagen, Christoph verbringe seine Tage klöppelnd in Jonah Lewins Kohlenkeller und spuke von dort aus nachts durch die Gemeinden rings um Schwarzenberg.
Viele liefen dem Klöppler ins Garn. Für seine Tücher und Borten gaben sie ihm, was sie besaßen.

In Alberoda, Christophs Geburtsort, pflanzte man ein bleiernes Kreuz aufs Feld vor das Ortsschild. Es sollte die Bewohner schützen vor dem Menschen. Nur Frieder, sein Vater, dem mit Kriegsbeginn die Lust des Instrumentenbauens abhanden gekommen war, freute sich, wenn er hörte, wo sein Sohn auftauchte – hier und dort sein unmännliches Wesen trieb, dennoch herrisch sich behauptete – dort und hier, in dieser oder jener Gestalt am Leben war.

Apfelkrieg

Sechs Äpfel paßten in die Taschen der Lederhose, die der Junge trug. Mehr als zwei Dutzend faßte Mallus-Doras Schürze, wenn sie sie an den Spitzen hochhielt. Nach drei Äpfeln war Urosch satt. Dora aß die doppelte Anzahl. Mit großen Bissen nahm sie sich die Früchte vor: schmatzte patschte schnurpste, daß ihr der Saft aus den Mundwinkeln lief.
Schon als Mädchen war sie flammbäckig wie eine Goldparmäne. Und strahlte, wenn sie die Früchte mit Urosch teilen durfte.
Urosch, der Stille, der die Äpfel immer nach Farben sortierte: grüne gelbe rote gesprenkelte ... Manchmal nahm er seinen Kasten mit Wasserfarben und malte die Äpfel. Stilleben zauberte er aufs Papier, immer nur Äpfel: Äpfel am Baum, in Körben, auf Tischen, Äpfel im Gras liegend, frische, verschrumpelte, ganze, angebissene, halbierte, geviertelte, geschälte und entkernte. Die Bilder schenkte er Dora, die sich dafür mit den schönsten Äpfeln bedankte, die ihr Garten zu bieten hatte.

Sieben Sorten hatte Dora zu betreuen.
Zusammen mit Großmutter Else, die nach dem Tod der Eltern (sie waren 1970 beim Klettern im Riesengebirge ums Leben gekommen) die Erziehung der Enkelin übernahm, verschrieb Dora ihr Leben den Äpfeln. Sie waren Vaters Leidenschaft gewesen: die schönsten Sorten der

Welt, mit kräftigem, süßem oder säuerlichem Aroma, mit dem Geschmack des lehmig-schiefrigen Gartenbodens, auf denen die Bäume wuchsen. Mallus, der Apfelzüchter: eine Berühmtheit, wie es in Neuwelt hieß.
Die letzte Neuzüchtung, die Mallus vor seinem plötzlichen Tod geschaffen hatte, war eine kleine sonnengelbe, ungemein saftige Sorte. Er hatte ihr den Namen »Dora« gegeben.

Dora und Urosch fütterten sich mit den Äpfeln aus Mallus' Garten.
Im Juli gingen die kleinen grünen Klaräpfel von Mund zu Mund. Zwei Wochen später kosteten die Kinder vom roten »Mantet«, kurz darauf die gelben »Doras«. Der späte »Boskoop« trieb gemeinsam mit der »Goldparmäne« im Oktober ihre Spiele voran, und ab Dezember der gut einzulagernde »Winterrambour« nebst dem gebirgsfesten »Kaiser Wilhelm«.
Äpfelessen und Äpfelmalen waren das Erregendste im Leben von Dora und Urosch. Etwas anderes wollten sie nicht machen. Nach Ende des Schulunterrichts reizte nichts mehr, als sich in die Küche zurückzuziehen und mit Apfelschnitzeln die Freizeit zu versüßen. Sie steckten sich die Schnitzel zwischen die Lippen, erst Dora, dann biß Urosch sanft an. Von beiden Seiten aßen sie aufeinander zu. Nur der leise raspelnde Schnurpston war zu hören, sie kamen sich näher, näher, Speichel schoß unter den Zungen hervor, mischte sich mit dem süßen Saft, dann trafen sich die Lippen der Kinder, dann kauten und schluckten sie, und das nächste Apfelstückchen nahm seinen Weg –
Umsonst warnte Oma Else vor Blähungen und Bauch-

kneifen. Umsonst glaubte sie, daß eine so frühe Liebe schändlich und schädlich sei.

Das erste Mal wurden Urosch und Dora voneinander getrennt, als Urosch nach der 8. Klasse die Erweiterte Oberschule in Schwarzenberg besuchte. Aufgrund seiner guten naturwissenschaftlichen Kenntnisse sollte er an der Bergakademie Freiberg studieren. Aber Uroschs Verlangen nach Dora war so groß, daß er nach dem Abitur nur achtzehn Monate statt der vorgeschriebenen drei Jahre Dienst in der Nationalen Volksarmee absolvierte und daher nicht zum Studium zugelassen wurde. Er nahm in der LPG »Max Roscher« eine Ausbildungsstelle als Gärtnereifacharbeiter an. Auch Dora war als Obstbäuerin der Genossenschaft verpflichtet.

Sie lebten und arbeiteten zusammen, die Tage, die Nächte, miteinander, füreinander; sie hegten pflegten veredelten ihre Liebe, ließen sie beinahe stündlich aufblühen, hochschießen. Inmitten der Obsthänge trafen sie aufeinander, als ob sie sich stets zum ersten Mal sehen würden, und waren entzückt von so etwas Wunderbarem, Prallreifem, und ihre dauernden Begegnungen trugen Früchte: zarte Liebkosungen, Doraküsse auf die braune schorfige Haut Uroschs und bartstachliges Streicheln auf Doras feinsäuerlich duftende Wangen, immerfort, ohne zu ermüden, ohne die sonst übliche Abstumpfung der Sinne; sie leckten einander sämtliche Apfelaromen von blühenden Körperstellen Stirne Ohren Hals Achsel Schoß Knie, hingegeben dem einzig Lebenswerten: sich selbst.
Auch wenn der LPG-Vorsitzende niemals Grund zur Klage hatte (die Liebesspiele des Paares wurden unmerk-

bar in die Arbeit an den Bäumen eingeflochten), sparte er nicht an Kritik: Urosch und Dora würden sich vom Kollektiv separieren. Ihre Interessen seien rein privater Natur. Der siebte Himmel müsse doch bald einmal ausgemessen sein … usw.

Aber die Liebe der beiden brachte nicht nur ihrem persönlichen Glück, sondern auch der Genossenschaft hohe Erträge. Der bevorzugte, monokulturell angebaute »Golden Delicious«, auf deutsch: »Gelber Köstlicher«, aufgrund seiner Vorherrschaft in den Obstläden des Landes vom Volksmund »Gelber Gräßlicher« genannt, gedieh unter Doras Händen zu mächtiger Größe. Gemeinsam mit Urosch entwickelte sie neue Methoden des Erziehungsschnittes und lag in den Ernteerträgen an vorderster Stelle der Erzgebirgischen Obstproduktionsgenossenschaften.
Nach Feierabend führten Dora und Urosch den eigenen Garten weiter: die köstlichsten, vielfältigsten Sorten der Welt. Die man nie im Laden zu kaufen bekam.
Und sie liebten sich auch an diesem Ort. Bis in die Nacht hinein waren Dora und Urosch sich hingegeben. Niemals schmissen sie sich grobe Worte an den Kopf. Niemals verletzten sie sich. Ganz eingenommen waren sie von Zärtlichkeit, so abgewandt allen äußeren Dingen und Geschehnissen, daß sie gar nicht bemerkten, was im Lande vor sich ging. Daß sie gar nicht glauben konnten, daß, im Jahr 1991, sich die Genossenschaften und alles auflösen sollte.

Was beständig blieb, war ihre Liebe.
Sie besaß die Krone der Zuversicht, die so voll und gleichermaßen licht war, daß ihr nichts etwas anhaben konnte.
Anders ging es der Genossenschaft: der Name »Max Ro-

scher« wurde umgewandelt in »Golden Fruit«, aber die »Gelben Köstlichen« fanden keine Abnehmer mehr. Andere, aus Spanien Neuseeland Südtirol importierte Apfelsorten füllten die Ladenregale. Zudem grassierte in den Obsthängen eine vom Apfelwickler und von der Blutlaus ausgelöste Epidemie, die den herkömmlichen Schädlingsbekämpfungsmitteln standhielt.
Das erste Mal im Leben war Dora unsicher.
Die Arbeit war ihr aus der Hand geglitten. Fortan galten andere Gesetze als die der Liebe und Erfahrung.
Dora sollte einen Fortbildungskurs in Buxtehude besuchen.
Sie lehnte Buxtehude ab.
Sie liebte Urosch und wollte bei ihm in Neuwelt bleiben.
Sie blieb in Neuwelt und wurde arbeitslos.
Genau wie Urosch.
Einen Monat später starb Oma Else.
Statt einer Handvoll Erde warf Dora bei der Beerdigung einen Apfel ins offene Grab.

Plötzlich hatten Dora und Urosch nur noch Zeit für sich. Sie bestellten den eigenen Garten und trieben ihre alten Spiele, die so aufreizend schön wie am ersten Tag waren. Dora beschnitt die Bäume, düngte sie mit Brennesselabsud, setzte Zehrwespen gegen Läuse und Obstmaden ein und ließ die Früchte mit der Natur wachsen. So gediehen sie, obwohl sie klein und mitunter von Schorf überzogen waren, süß und aromatisch. Kein Apfel, der im Konsum verkauft wurde, konnte da mithalten.
Dora und Urosch aßen, was sie konnten. Fünf Apfelmahlzeiten täglich. Darüber hinaus kochten sie Mus, Most und trockneten Apfelscheiben auf dem Ofen. Süß duftge-

schwängert war das Haus, das sie bewohnten, und süß glücksbeladen ihr Leben.

Sie ließen sich ihre Existenz durch nichts beschweren.
Sie hatten das Recht dazu.
Als feststand, daß sie trotz häufigen Versuchens keine Kinder bekommen konnten, wandelte Urosch seinen Zeugungshunger um in eine unbändige Lust zum Veredeln Stutzen Aufpfropfen Bewässern der Bäume. Die selbstunfruchtbaren Apfelblüten befruchtete er höchstpersönlich mit sortenfremden Pollen.
So schaffte auch Urosch reiche Ernte.
Dora liebte ihn dafür und für alles andere, was er tat.
Andere Obstabnehmer als sich selbst fanden die Liebenden nicht. Ein Apfel aus dem Mallusschen Garten entsprach nicht der europäischen Norm. Die Neuwelter kauften Äpfel aus der Neuen Welt: grün- oder rotglänzende, gespritzte, gewachste, alle gleich groß, so glatthäutig und weißfleischig, daß es keine Made, keine Laus überlebt hätte, diese Reinheit zu zerstören. Zwar schmeckten die neuen Äpfel nach nichts und waren zudem saftlos, aber da sie keine Seele besaßen, verdarben sie nur schwer, und sie schmückten die Obstkörbe der Erzgebirgler, als seien sie nicht von dieser Erde.

Dora verfütterte an Röder-Ernas inzwischen privat gehaltene Schweine:
Klaräpfel Mantets Boskoops Goldparmänen Winterrambours, Kaiser Wilhelms und Doras (»mich selbst«, wie sie traurig zugab).
Oder Urosch überließ einem Bio-Bauern die Äpfel fürs Feld als Gründünger zum Unterpflügen.

Oder Dora und Urosch verkippten sie im Wald, wo sie vom Wild und von Schnecken angebissen wurden.
Oder einfach verdarben.
Oder Urosch malte Bilder mit lauter goldglänzenden und pausbäckigen Äpfeln und versuchte sie, an Touristen zu verkaufen. Sie brachten kaum etwas ein.

Eines Tages stand ein Herr vor der Tür des Mallusschen Hauses. Ein schlanker sportlicher Herr in feinem grauen Anzug, einer altrosa Batistweste und einem Sonnenhut. Ein freundlicher Herr mit glänzenden Augen, die, als sie Apfeldora erblickten, sogleich erfreutes Erstaunen signalisierten. An der Seite des Herrn zeigte sich Randolf, ein Irischer Wolfshund: hochbeinig war das Tier mit einem Fell, das das Anzuggrau seines Herrchens kopierte, aber sogleich in seiner rauhen Schütterheit in Dora etwas wie Mitleid erregte. Ja, Dora starrte fasziniert den Hund an, erst den Hund, der seinen hochgewachsenen Leib an die Hüfte des Herrn anschmiegte, den kegelförmigen, leicht dümmlich, aber lieb anzuschauenden Kopf hob, den Stummelschwanz zwischen die Hinterbeine klemmte und ein dünnes Winseln ertönen ließ.
»Guten Morgen.« Der Herr zog den Hut und stellte sich vor:
»Graf Conrad von Sachsenfeld« und: »Dieses Haus, verzeihen Sie, befindet sich wieder in meinem Besitz.«

Das Mallussche Haus und die Conradwiese und die Teiche auf der Conradwiese und die Wälder vom Auerhahnbis zum Dreitannenweg und die Felder und Weiden vorm Lauterer Förstel und zwei Villen in der Schwarzenberger Altstadt. All das, was die von Sachsenfeld 1945 durch Ent-

eignung verloren hatten, hatte der junge Graf fünfzig Jahre später zurückbekommen.
Der Graf mit den Augen, die nicht nur seinen neuen Besitz, sondern auch Dora umschmeichelten. Der Herr besaß eine besondere Güte, war nicht großtönerisch und erpresserisch, wie man es von anderen Alteigentümern hörte, die rücksichtslos in Beschlag nahmen, was ihnen durch Zufallsgeburt und Gesetz zugeschrieben wurde.
Graf Conrad von Sachsenfeld schickte seinen Hund Randolf vor, dessen anschmiegsames treueerweckendes Wesen Dora und Urosch mit dem Schrecken versöhnen sollte: daß sie ihr Häuschen verlassen, umsiedeln mußten ins Spinnhaus, denn dort standen Wohnungen leer, dort war ein Platz für sie. Umsiedeln mußten sie, freundlichst gebeten vom Grafen, nach Recht und Gesetz, und da Widerstand nicht in Doras und Uroschs Natur lag, taten sie es, und der Graf war so verständnisvoll, daß er die Umzugskosten übernahm und ihnen sogar erlaubte, die sieben Apfelbäume aus dem Garten mitzunehmen, denn

Conrad von Sachsenfeld liebte Äpfel über alles. Er gab es zu, als er zum ersten Mal Dora gesehen hatte. Wie sie in der Tür (seines!) Hauses stand, quasi als miterworbenes Inventar. Wie sie redeten und redeten, während Dora Randolfs Fell kraulte und begeistert war: so einen Hund hätte sie noch nie gesehen, wie eine Hyäne! Aber viel lieber, viel süßer …
Randolf hatte Doras Hand geleckt, während Graf Conrad nichts mehr begehrte, als dasselbe tun zu dürfen. Aber der Graf durfte Dora nur ein Körbchen des köstlichen »Kaiser Wilhelm« abkaufen. Nein, geschenkt wollte der Graf nichts haben, jede Süßigkeit hat ihren Preis. Dora schien

ihm das Wertvollste, Gesündeste, auf das, glaubte er, er ein Anrecht hätte.

Sieben Bäume wurden aus dem Mallusschen Garten gegraben. Mit Hacken, Spaten, schwerem Gerät. Auf einen Lastkraftwagen geladen, abgeworfen vor dem Spinnhaus. Die Erde auf der Südseite gelockert, Steine aus dem Boden geholt, damit die Bäume Platz fänden. Das alles geschah unter den skeptischen Blicken der Spinnhausbewohner: so etwas hatte es noch nie gegeben! So etwas *kann* es nicht geben, daß man sieben Bäume verpflanzt. *Sitter Rutz!* sagten die Alteingesessenen. Aber der Graf stand dabei, bezahlte alles und schwenkte seinen Sonnenhut.

Dreimal wöchentlich holte sich der Graf Äpfel aus Doras Garten. Auch wenn die Bäume jetzt auf der Wiese an der Südseite des Spinnhauses wuchsen. Alle waren sie nach der mühsamen Verpflanzung gut wieder angewurzelt. Bis auf den Baum, der die Sorte »Dora« trug. Der starb wenige Tage nach der Umsetzung ab, aber Dora sagte bescheiden und frei von Aberglauben:
»Auf mich kann ich verzichten.«
Nicht verzichten konnte sie hingegen auf Urosch, der sich in dem feuchten unheimlichen Spinnhaus nicht recht wohl fühlte. Plötzlich war das Liebespaar in der Gemeinschaft gefangen. Das Haus arbeitete: die Wände schienen sich wie von selbst zu verrücken. Das Gebälk knirschte. Auf dem Dach rutschten die Schieferschindeln ineinander. An den Tapeten blühten Stockflecken und ließen die Muster vergangener Jahrhunderte wieder zum Vorschein kommen. Die Stromkabel, außer Putz gelegen, waren rissig und funkten manchmal Not. Das Leitungswasser schmeckte

nach Blei. Unter dem Dach wohnte eine lederhäutige Gestalt namens Uhlig-Trulla und erzählte wüste Geschichten.

Dora und Urosch fühlten sich beobachtet. Sie fraßen die Verzweiflung in sich hinein, sauer, wurmstichig.
Einmal äußerte Dora den Wunsch, einen Hund besitzen zu wollen.
»Aber du hast doch mich«, sagte Urosch.
Er nahm sie in den Arm, strich ihr durchs Haar, küßte jeden Millimeter ihres Gesichtes – und Dora warf den Wunsch fort.

Der Graf kam immer, wenn Urosch außer Haus war.
Dann kaufte er Dora »Kaiser Wilhelm« ab, auch mal ein Kilo »Goldparmänen«, mal den »Winterrambour«, dessen tiefrote Schale beim Hineinbeißen Farbe an das weiße Fruchtfleisch abgab.
Aber immer war es nur
Randolf,
der sich an Dora mit dem hageren hohen Windhundkörper liebheischend warf und
gestreichelt gekrault getätschelt wurde, während der Graf brav die Äpfel zahlte und sich innerlich vor Sehnsucht zerriß.
Irgendwann konnte er seinem Schmerz nicht mehr widerstehen.
Überfressen von den Äpfeln, die ihm Dora vermachte, mit hochgepeitschtem Sehnsuchtsblut und Haß Haß Haß
erschoß er Randolf.
Seinen treuen Begleiter.
Begrub ihn auf der Conradwiese und warf sich an Dora

heran. Ungezähmt, alles Feine, Edle hinter sich lassend. Dora war anfangs nur erstaunt. Zu welcher Leidenschaft der Herr fähig war! Aber wem galt sie, und wo war der Hund, wo war dieser Hund, auf den Dora ansprang wie auf das Wunderbarste der Welt …
Als der Graf aber nicht aufhören wollte, Dora in Besitz zu nehmen, traf ihn etwas
an die Stirn, schlug an, zerplatzte, ein aufspritzender dumpfer Schmerz:
den »Boskoop«
hatte Urosch geworfen. Der zahme, nur von Liebe und Harmonie durchdrungene Urosch.

Das Auftauchen des Grafen hatte in Urosch das erste Mal im Leben Widerstand gegen einen Menschen erweckt. Zwischen Apfelstücken versuchte er das fremde Gefühl zu zerbeißen, auszuspucken, aus sich herauszuschneiden, wie man eine braune Stelle aus einem Apfel schneidet.
Aber der Graf war stärker.
Er tröstete Dora über den Tod des Hundes hinweg.
Er streichelte, tätschelte sie
Er ließ Urosch zuschauen, da
schlug Urosch zu.
Mit harter Faust dem Grafen ins Gesicht. Nasenblut Apfelbrei. Noch einmal. Der Graf taumelte. Plötzlich spürte er Genugtuung. Etwas, worauf er sein Leben lang gewartet hatte: angegriffen zu werden, und jetzt! Jetzt kam dieser hasenherzige Äppelgung und haute ihm eine rein.
Ein Kampf um Doras Liebe entbrannte. Im Apfelgarten hinter dem Spinnhaus.
Alle schauten zu: die Spinnhäusler öffneten die Fenster, die

zur Südseite gelegen waren und lehnten sich neugierig heraus.

»Urosch! Zeich's'n!« riefen sie.

Urosch traf schon in der zweiten Runde den Herrn von Sachsenfeld derart am Hals, daß dieser nach Luft schnappte. In der dritten Runde ging der Graf zu Boden. Urosch trat zu. Spürte nicht, wie ihn Dora von hinten am Hemd zog. Wie sie ihn ruhigstellen wollte, ihn, den liebsten zärtlichsten unersetzlichsten Mann Urosch.

Urosch raste. Vor Eifersucht Haß Lust. Mitten im Schlagen fiel ihm ein, daß es vielleicht ein anderer war, der aus ihm schlug, denn er kannte sich nicht wieder, aber *Urosch! Urosch!* riefen die Leute, und er hieß Urosch, er hatte noch nie anders geheißen! Dora sollte sich diesen Namen merken – noch einmal trat er dem stummgedroschenen Grafen in die Seite, bevor er von ihm abließ und

Dora in seine Arme nahm. Die zitterte, aber Urosch hoffte, daß es aus Freude war. Freude, Stolz, daß er es geschafft hatte, die alte Ordnung wiederherzustellen. Dora streichelte dem Helden über Kopf und Bart. Auch er hatte ein paar Schläge abbekommen, aber die Blessuren ließen sich mit essigsaurer Tonerde schnell heilen …

Der Graf blieb liegen.

Erst als es dunkel wurde und schwarze Vögel die Nachtkühle aus dem Wald brachten, gelang es ihm, sich aufzurappeln und den Geringsbergweg herunterzuhumpeln.

Hinter den geschlossenen Fensterscheiben der Felssteinhäuser vernahm er Lachen. So schnell hatte sich die Kunde seiner Niederlage in Neuwelt verbreitet, daß auch schon auf der anderen Seite des Schwarzwassers gelacht wurde.

Doras Traum:
Randolf steht vor ihr, zweibeinig aufgerichtet wie ein Mensch. Er will sie anspringen, liebkosen, sie öffnet die Arme, der Hund verströmt einen faulen Geruch, schon hat er sie gepackt, mit übergroßen Zähnen, Dora sieht, wie sein graues Fell sich verfärbt: Urosch hat seinen Farbkasten geöffnet und malt Tupfen auf das Fell des Tieres, dessen Hinterbeine sich plötzlich verkürzen, der Leib sich verdickt, und Randolf, die Hyäne, hat etwas zwischen den Zähnen: den Grafen! Aber der Graf lacht, er lacht dieses irrwitzige Lachen, er verblutet und lacht, und Randolf heult, heult wie tausend todtraurige Tiere, Dora will ihn trösten, sie streichelt ihn, all das Blut, all das Blut.

Es hieß, Herr Graf Conrad von Sachsenfeld habe vom Kampf gegen den Arbeitslosen Urosch keine weiteren Schäden davongetragen. Er habe auch keine Anzeige gegen ihn erstattet. Er würde seiner Tätigkeit als Grundbesitzer und Hausverwalter in vollem Umfang nachkommen können und zähle weiterhin zu den wichtigsten Bürgern des westlichen Erzgebirges.
Es hieß weiterhin, daß die von ihm einst angebetete Mallus-Dora von dem wagenradgroßen Apfelkuchen, den sie zur Feier von Uroschs Sieg für die Spinnhäusler gebacken hatte, heimlich dem Grafen ein Stück abgegeben habe.
Wann wo warum dies geschehen sei, wollte niemand näher wissen.

Neuwelt

»Wem schulden wir Gehorsam?
Nur uns selbst.«
Stefan Heym, *Schwarzenberg*

Der Winter war mit Kälte ins Gebirge gekommen. Ohne Schnee, ohne Schutz. Abgerissen die Grenzzäune, die Schlagbäume zerschlagen, der Wald entschärft. Das Wild hatte freien Lauf in alle Himmelsrichtungen. Noch war es im Jahre 1989 ungewohnt für die Menschen, ins Offene zu fahren, nach der Stadt Hof oder weiter nach Kulmbach Bayreuth Bamberg; ungewohnt, mit ihren kleinen knatternden Trabanten, mit ihren Zwickauer Motorrollern und -rädern; ungewohnt oder zu müde, das bekannte Gebiet per Fuß zu überschreiten – von Schwarzenberg aus gesehen streckt sich östlich das Böhmische Riesengebirge, südlich das Vogtland, erst dann der Frankenwald …
Wanderer hatten andere Ziele.

In diese Zeit fällt die Geschichte vom Pfarrer Kasemir.
Sie nimmt ihren Anfang bei seinem ersten Auftritt in der Gemeinde Neuwelt, der Kirchgänger wie unfromme Bürger gleichermaßen zurückschrecken ließ:
Da trat ein Mann aus Leipzig an die Stelle des alten Pfarrers, der in seiner Gestalt einer Kreuzung aus Kartoffelbovist und verblühtem Engelwurz glich: die weißfedrigen Haare standen doldenförmig vom Kopf, darunter hob sich

eine knollenförmige Nase, die Wangen hohl und der Leib!: die dünnen Beine steckten in dunkelgrünen Cordhosen, die über dem gewölbten Bauch mit einem Gürtel festgezurrt waren, die Brust wiederum wirkte schmal, wie eingefallen, und als Kasemir seine neue Gemeinde begrüßte, strömte ein scharfer Geruch aus seinem Mund, der Myrrhe und Weihrauch übertraf.
»Su e dirrs Geprassel«, sagten die einen, aber die anderen: »Guck eich nerre mol dan Fettwanst an!«

Es dauerte keine zwei Wochen, da hatte Kasemir allen Widerwillen, der gegen seine Erscheinung aufstieg, zunichte gemacht. Trotz seines wunderlichen Aussehens war er die Liebenswürdigkeit in Person:
begrüßte zum Gottesdienst jeden einzelnen Kirchgänger persönlich, stand an der Kirchentür im schwarzen Gewand, ergriff warmhändig die hartkalten Finger der Frauen und Männer. Den Kindern strich er über den Kopf, und der Jugend klopfte er auf die Schultern.

Kasemir sang die alten Lieder, bevor er neue anstimmte. Er wollte niemanden erschrecken. Er zog die bekannten Stoffe hervor und predigte mit ihnen von der neuen Wirklichkeit.
Psalm der Klagen. Psalm des Mutes.
Während im Land die Grenzen fielen und schnelle ungeahnte Stürme Schneißen durch die Wälder schlugen und
Gläubig sind nur wenige unter den Menschenkindern
wußte der Pfarrer zu sagen, dabei hatte er die Gemeinde im Blick und sprach vom Tun auf Erden, von Vorsicht, vor der

Zunge, die hoffärtig redet und warnte vor dem, was kommen würde, und vor dem, was sie an Billigem bewahren wollten. Er redete gegen Gläubigkeit und Aberglauben, vom Öffnen des Herzens sprach er, erzählte von der Welt, und es ging die Kunde, daß immer, wenn Kasemir predigte, es sich um die Neuwelter selbst handelte. Kasemir hob beim Sprechen seine spinnendünnen Arme, die Gemeinde rutschte ein wenig auf dem Kirchgestühl nach vorn, näher an den Pfarrer heran, die Orgel erklang und Kasemirs Worte

waren lauter wie Silber, im Tiegel geschmolzen, geläutert siebenmale.

Es war eine Lust, ihn predigen zu hören. Er rührte die Leute, und schreckte sie auf. Selbst das alte Weibsvolk, das nach Holz und Harz roch, seit hundert Jahren die Mühlen ein und desselben Lebens drehte, die Gebete zerleierte wie die Zeitungsnachrichten des *Neuen Deutschlands,* ermunterte Kasemir, Neues zu denken und zu tun.

Teilte er das Abendmahl aus, waren die Leute versucht, beim Auflegen der Oblate auf die Zunge des Pfarrers Finger mit den Lippen zu berühren. Den Kelch, aus dem er trank *Trinket alle daraus, das ist mein Blut!* führten sie mit der Stelle an ihren Mund, wo *er* seine Lippen angesetzt hatte …

Es war Traubensaft, kein Wein im Kelch.

Aber die Hand, welche mit Kasemirs Hand zusammen ins Wasser tauchte, war Wolzack-Rolands Hand, und Kasemir sagte zu ihm:

»Du also wirst es sein. Du wirst mich verraten.«

Und Wolzack, der nur aus Neugier an diesen Ort gekommen war und nur aus Neugier in das Becken faßte, wußte nicht, was er tat und was die Worte bedeuten sollten.

Kasemir hatte abgelehnt, die Pfarrwohnung zu beziehen. Was er allein mit drei großen Zimmern anfangen sollte, wo es doch Familien gäbe, die mit vier Kindern in zwei Zimmern wohnen müssen.
Kasemir zog in eine Dachkammer des Spinnhauses.
Er fühlte sich wohl dort.
Es kam nur manchmal vor, daß er, hatte er seine Arbeit beendet, die Treppen kaum nach oben schaffte, sondern schnaufend auf dem Treppenabsatz stehenblieb. Dann brach ihm der Schweiß aus, der gespannte Leib schmerzte, der Pfarrer fühlte, wie er an Kraft verlor.
Kasemir wollte nicht, daß die Gemeindeschwester nach ihm schaute.
Brauchte er Gesellschaft, ging er in Semmelweis-Märries Rilpsstübel.

Von Semmelweis-Märrie ließ er sich alles Notwendige, was er zum Verzehr benötigte, servieren: Kartoffelsuppe und Muckefuck. Muckefuck und Kartoffelsuppe. Jeden Tag dasselbe. Jeden Tag rollte Märrie ihren runden Leib an Pfarrers Stammtisch und bot ihm von Klopsen bis Klößen das ganze Repertoire ihrer Kochkunst an. Aber Kasemir blieb bei dem, was er immer zu sich nahm. Trank er statt Muckefuck mitunter Kamillentee, war das ein Ereignis.

Lehrer Schiebold trank Bier. Bier und Korn. Oder Bier und *Schwarzen Balsam.* Lehrer Schiebold war nicht mehr Lehrer Schiebold, sondern fuhr Gabelstapler im Karto-

nagenwerk Schwarzenberg. Sonntags ging er in die Kirche. Er glaubte nicht an Gott, sondern an Kasemir.
Kasemir war sein Mann.
Mit ihm saß er im Rilpsstübel und ordnete die Weltlage. Schiebold, der etwas von seinem Gottsein verloren hatte, brauchte jemanden, den er mit auf seinen Weg nehmen konnte.
Er spürte, was kommen würde. Und teilte sein Gespür mit dem Wissen des Pfarrers. Es waren hitzköpfige Abende, die die Männer bei Semmelweis-Märrie verbrachten, denn sie befanden sich hier und heute in einer außerordentlichen Zeit, in außerordentlichem Gebiet, und warum, sagte Schiebold, sollte man nicht *jetzt* die Gründung einer Freien Republik versuchen –

Mit anderen Augen die Welt ausmessen.
Leben vorstellen. Ohne Lügen, ohne Machtbesessenheit, ohne überflüssigen Zwang. Das Schöne zeigen, das Vollkommene. Das Wahre. Einen Aktionsausschuß gründen. Zur Liebe rufen. Die Menschen sollen ihre Stuben verlassen. Zu sich kommen. Zu uns. *Uns ist gegeben alle Gewalt auf Erden.*

Semmelweis-Märrie servierte.
Schiebold bekam Schnaps. Kasemir Muckefuck. Nur wenige Leute versammelten sich um sie. Auch wenn Kasemir hoch in der Gunst der Neuwelter stand, büßte außerhalb der Kirche seine Attraktivität etwas ein: wie ein blutkranker Viehbauer sah er aus, engelwurzgrau, der Bauch wie eine Trommel, der Atem scharf, als sei er des Teufels. Und bei Semmelweis-Märrie sprach er anders als von der Kanzel. Irdischer, leidenschaftlicher, als wüßte er etwas, was

andere nicht wußten. Leise, oft mit unterdrücktem Lachen durchmischt, besprach ein Grüppchen Leute im Rilpsstübel, was zu tun sei.
Das neue Deutschland. Die Neue Welt.
In der anderen Ecke der Kneipe saß Wolzack hinter den *Sächsischen Neuesten Nachrichten.* Mitunter blickte er über den Zeitungsrand hinweg zum Stammtisch. Als warte er auf eine Einladung. Sie kam nicht.
Semmelweis-Märrie zog die Gardinen zu. Etwas war im Kommen. Das krächzten sogar die Krähen von den Bäumen. Am Stammtisch wurde wieder gelacht. Diesmal laut und vernehmbar.
»Solln die doch labben, da drüben!« sagte die Wirtin zu Wolzack, »'s werd, wie's werd.«
Und wenn's gar ze schlimm wird, gibt's Lokalverbot, beschloß sie.

Der Winter verging, ohne daß er, wie sonst, seine volle Macht gegen die Gebirgler einsetzen konnte. Fast zaghaft zeigte er mit mäßigem Schneefall, was er zu bieten hatte. Zu Weihnachten frühlingshafte Wärme. In Scharen trieben Winterrübling und Märzschneckling hervor. Die Schihütten und -hotels waren nur schwach besucht. Im Januar schlossen die ersten. Kartonagenwerk Waschmaschinenfabrik Steinbruch standen zum Verkauf. Der Schnee kam im März, als die erste Saat aufgegangen war.
»Wus isse dies Gahr luus?« fragte man sich.

Pfarrer Kasemir zählte die jungen Leute, die Gottesdienst und Konfirmandenunterricht besuchten. Es waren nicht mehr viele. Ausgezogen sind sie aus Neuwelt. Nach der Stadt Hof oder weiter nach Kulmbach Bayreuth Bamberg.

Oder nach München zum Studieren. Oder zum Geldverdienen. Pfarrer Kasemir zählte seine Schäfchen. Sie liefen ihm davon, junge und nicht mehr ganz junge, auf der Suche nach einem Glück, das in der Ferne winkte; auch wenn Kasemir nichts vom Glück, das *er* meinte, sah und von neuen Irrtümern predigte und von einer Zukunft, die man selbst in die Hand nehmen sollte. Aber er predigte bald vor halbleeren Bänken, wie in alten Zeiten, als die Kirche Altentreffpunkt und nichts sonst war.

Eines Abends trat der kleine Abiturient Wolzack im Rilpsstübel an Kasemirs Tisch heran. Was er wolle, fragte der Pfarrer.
»Frieden«, sagte Wolzack.
Er stellte ein Glas Bier vor Kasemir ab. Der wischte es vom Tisch, daß es auf den Boden krachte.
»Auch gut«, sagte Wolzack, lächelte und ging an seinen Platz zurück.

Einmal hielt ein Reisebus des Unternehmens *Mountains Future Schwarzenberg* auf dem Neuwelter Kirchplatz. Junge Leute in bunten Jacken und abenteuerlichen Hüten stiegen aus, guckten sich kurz um, stiegen wieder ein. Sie hinterließen ein frisches Rauschen in der Luft und einen süßen künstlichen Geruch und auf dem Pflaster Abdrücke von Turnschuhen und ausgespuckte Kaugummis. *Nice! Wonderful! Great!* hatten die Leute gerufen. Aber sie waren so schnell müde geworden, daß sie nicht weiter ins Gebirge hinein, keine Sehenswürdigkeiten, keine Aussichten genießen wollten.

Am 13. August 1992 starb Pfarrer Kasemir. Fünfundvierzigjährig. Die Obduktion ergab Tod durch Ersticken, ausgelöst durch eine Leberzirrhose.
»Ober dos war doch kee Suffkopp!« sagte Semmelweis-Märrie. Der un Alkohol? – Nicht mal'n Bier! – Bei Gott, keen Troppn hat der getrunken! – Alkohol? – Nein, der doch nicht! – Der war keen Suffkopp! – Doch nich unner Herr Pfarrer! – Nie! Nie! Nie! – Der hat niemals Alkohol getrunken!
Nie.

Der Bär

»Zurück!« rief Wolzack. Und trat selbst
einen Schritt zurück.

Der Bär hatte sich auf die Hinterbeine gestellt. Das dünne Fell an seiner Bauchseite zitterte. Wolzack sah die Flanken des Tieres beben, die aufgerichteten Vorderbeine, die gebogenen Krallen ... aber Wolzack wollte sich davon nicht beeindrucken lassen.

Wolzack war Fotograf.
Angestellt beim Unternehmen *Mountains Future Schwarzenberg.* Verantwortlich für jedwede bildliche Dokumentation im Landkreis Schwarzenberg: für Wanderführer, Heimatblätter, aktuelle Touristeninformationen, Events, Werbebroschürern, Postkarten, Pilzbücher, selbst Kochbücher mit regionalen Spezialitäten mußte er bebildern.
Wolzack, der sich stets in Aktion befindende Mensch. Der keine Einmetersechzig maß, die Haare im Bürstenschnitt trug, dem noch mit zwanzig Jahren kein Bart wachsen wollte. Wolzack, den jeder in der Gegend kannte, weil er bei jedem schon gewesen war, weil er mit jedem schon mal gesprochen hatte, eine Neugier im Igelgesicht, der man nur schwer widerstehen konnte.
Von sich selbst sagte er, daß er zum Künstler berufen sei.

Die Superdigitalkamera schnurrte.
Im Bild den Bären. Ein Bär im Erzgebirgschen Fichtenwald.
Neuwelt, 29. Juli 2003, 17.13 Uhr …
Im Fokus der Kamera die Schnauze des Tieres – zweieinhalb Meter maß das Tier im aufgerichteten Zustand, notierte Wolzack in Gedanken. Die Schnauze öffnete sich. Wolzack sah in sie hinein, furchtlos, aber erregt, bis in die Fingerspitzen erfaßt vom Gefühl des Erfolges, jetzt hatte er ihn! diese Zähne! vielleicht hatte der Bär gerade ein Reh gerissen, dieses Blut an den Lefzen: braune Mordkruste –
»Zwei Schritt zurück«, bat Wolzack.
Die Superdigitalkamera schnurrte.
Der Bär schob seinen Leib zurück ins Dickicht. Er schien zu lachen, schlug mit den Vordertatzen gegen seine Brust. Dann drehte er sich, drehte drehte seinen dicken Pelzleib vor der Kamera, und dem Fotografen zitterte vor Aufregung die Nasenspitze. In die Knie gehend, filmte er ihn von schräg unten nach oben und vom Schädel zurück über den Wanst zum Geschlecht, die kräftigen kurzen Beine … Wolzack kroch näher an sein Objekt heran, *sehr gut! So ist's seeehr gut!* Das wird mein größter Erfolg, dachte er.

Eine Pause trat ein, als Wolzack eine neue Filmkassette in die Kamera einlegen mußte. Der Bär fraß zur Erfrischung ein paar Brombeerblätter und leckte sich die Haut zwischen den Zehen. Für einen Moment befiel den Fotografen die Furcht, daß er für das Wohlbefinden seines Stars nicht genügend Vorsorge getroffen habe: das Vieh wird bald richtigen Hunger bekommen, fürchtete er, so gut, wie

der drauf ist! Aber egal, er ist mir vor die Kamera gelaufen, und das ist Wahnsinn, das ist der Hit des Jahrhunderts! nur das zählt!
Wolzack spürte nicht, wie ihm der Schweiß den Rücken herunterrann. Der Schrecken vor der ungeheuerlichen Begegnung mit dem Tier ging ganz in der Konzentration auf, die er zum Ablichten der Gefahr bringen mußte.
Das hatte Wolzack gelernt:
sich in Gefahr begeben, heranzuschmeißen an die Dinge Menschen Tiere und festzuhalten, was sie denken tun sind. Um sie vorzuzeigen und auszustellen. Egal, was die Bilder beim Betrachter auslösten.
Schon hörte Wolzack Schreckensrufe und Beifallsrauschen von Leuten, die seine Bilder und Filme zu sehen bekämen. Schon sah er sich selbst als geehrten und gefürchteten Künstler einer bahnbrechenden Ausstellung im Neuwelter Heimatverein ...aber, ach was! Diese Filme waren es wert, über die Grenzen des Ortes, über die Berge Wälder Dörfer hinauszugehen, in die Museen der Städte, der Welt – ja, und was wäre, spann Wolzack seine Story weiter, wenn ich mich jetzt zu dem Bären stellen und die Kamera an einem Ast feststecken und wir uns gemeinsam filmen lassen würden? Als Beweis für meine Wahrheit sozusagen.
Die Superdigitalkamera schnurrte.
Der dritte Film wurde eingelget.
Neuwelt, 29. Juli 2003, 17.25 Uhr ...
Der Bär tat einen Schritt nach vorn auf den Waldweg. Halb gebückt, die Kamera immer vor Augen, schlich der Fotograf im Rückwärtsgang voran. Der Bär folgte ihm. Noch immer aufgerichtet wie ein Mensch, noch immer ruhig, ohne Mimik, mit Augen, die klein wie die eines Hundes

waren. Schritt für Schritt. Schlurfend, tapsend, den Glimmerschieferweg entlang …
Dergestalt gelangten sie in die Nähe des Spinnhauses.
»Jetzt rechtsdrehen! Profil!« sagte Wolzack.
Das Glücksgefühl über die fantastischen Aufnahmen siegte über Wolzacks Angst, der Bär könnte ausfällig werden und sein Abendbrot einfordern und ihn, den besten Mitarbeiter von *Mountains Future Schwarzenberg* knochenkrachend verspeisen.
Aber so war es nicht.
Der Bär posierte, wie der Fototgraf es gerne hatte.
Die Superdigitalkamera schnurrte.

Abendsonne fiel schräg durch die Äste der Fichten und verkupferte deren Nadeln. An den Rändern des Waldweges schob sich Lactarius vellereus, der gemeine Wollschieber, durchs Gras. In den suppentellergroßen schmutzigweißen Hüten hatte sich Regenwasser gesammelt. So bitter waren die Pilze im Fleisch, daß selbst Schnecken sie mieden.

Wolzack und der Bär ließen das Spinnhaus hinter sich.
Wolzack war enttäuscht, daß sich keine Gardine beiseite geschoben, kein Fenster geöffnet hatte, um das größte aller Wunder: den Künstler in lebensgefährlicher Aktion zu sehen.
Das Spinnhaus blieb ruhig.
Als ob es schliefe, unbewohnt Zukunft provoziere. Als ob es in seinem Dasein erstarrt wäre.
Die Enttäuschung stieg dem Fotografen in den Hals. Plötzlich mußte er schlucken. Die Kamera wackelte, verwackelte die Bilder, und der Bär begann zu brummen und

schneller zu laufen, vierfüßig, gemein. Aufgeregt kramte Wolzack in der Jackentasche. Jetzt war es soweit! Der Bär hatte Hunger. Er bellte seinen Hunger dem Fotografen ins Gesicht. Gleich würde er sein stinkendes Gebiß an Wolzacks Hals, aber

der Kaugummi, den Wolzack geworfen hatte, traf genau in des Bären Maul. Double peppermint.

Der Bär kaute.

Verharrte verwundert, kaute, katschte, schob den Gummi im Maul hin und her.

Super! dachte Wolzack. Das Spiel ging weiter.

Wer auf die wilde Mülldeponie zuerst gestoßen war, der Bär oder sein Fotograf, keiner weiß es. Jedenfalls zeigte Wolzacks letzter Film das Tier zwischen allerlei Gerümpel. Es stieg durch verschrottete Krauss-Zinkwannen, durch alte verkalkte Waschmaschinenteile, durch wollfettstinkende Webreste, durch faule Äpfel, durch von Ameisen saubergefressene Knöchelchen, durch verrostete Tonnen, durch energiereiche Pfützen, durch strahlenden Schutt. Durch diese und jene Ablagerungen der Zivilisation stapfte der Bär, durch Weggeworfenes, Ausgelebtes, für immer Entsorgtes. Der Bär stieß sich den Kopf an einem alten Blech, riß sich den Pelz auf, die Superdigitalkamera –

in diesem Moment

schaffte der Bär den Sprung aus dem Bild

Noch einmal stand er zitternd und bebend vor Wolzack, dem Fotografen. *Gut! Seehr gut!* und plötzlich begann er zu heulen. Ein tiefes röhrendes Heulen entsprang dem Tier. Als ob er nicht aus dem Maul schrie, sondern aus jedem Teil seines zottigen Leibes. Er brüllte donnerte schüttelte den Kopf hin und her, klagte jaulend, entsetzt über sich

zu Tode erschrocken über das, wohinein er geraten war
und dann
trabte der Bär davon.

Ein halbes Jahr später entbot Wolzack seinen letzten Gruß einem Gebirge, das er so nicht kannte: im Zug von Schwarzenberg nach Frankfurt/Main sah er bei Aue Wälder vorbeiziehen, die aus Tannen und Fichten übermäßigen Ausmaßes bestanden, dunkel, beinah schwarznadelig. Pilze und Blumen sah Wolzack, die mannshoch aufschießend sich vor ihn stellen wollten und ihm zuzurufen schienen, daß auch *sie* noch abgelichtet werden müßten, denn Wolzack, der Fotograf, hatte längst noch nicht alles dokumentiert, und weiter fuhr der Zug. Zwischen Schneeberg und Plauen glaubte Wolzack vom Fenster aus Tiere zu erkennen, die niemals im Erzgebirge zu Hause waren: Gemsen Adler Murmeltiere; und Wolken senkten sich vom Himmel über Berge, die vor Wolzacks Augen zu alpiner Größe verwuchsen. Grauer Rauch legte sich auf bewaldete Gipfel, so daß es aussah, als seien die erzgebirgisch vogtländisch fränkischen Berge tätige Vulkane.
Wolzack spürte Übelkeit im Magen aufsteigen. Er war stolz, gleichermaßen unzufrieden mit sich, wie es einem Künstler ziemte. Er sah das Große, mußte es jedoch aus dem Kleinen destillieren. Keiner würde je diesen mühsamen Vorgang begreifen. Als Heimatfotografen würde man Wolzack abstempeln, als Provinzheini, der sich womöglich einen zahmen Bären aus dem Zoo geliehen hatte und nun auf Sensation machte! Wolzack brach der Schweiß aus. Ich bin verlogen, dachte er, aber gleichzeitig wußte er, daß ihm der Bär wirklich in seiner wahrhaftigen unver-

fälscht wilden Erscheinung begegnet war! Wolzack wollte aussteigen und zurück. Er hatte Angst.
Aber diese Reise, die er gerade unternahm, war in ihrem Ziel nicht mehr zu korrigieren:

Deutsches Haus, 13 Washington Square, Lower Westside, New York. Fotoausstellung mit Filmvorführung:

> EUROPES' MYSTERIES –
> THE MOUNTAINS OF ORE IN
> THE CHANGE OF TIME.
> Photographer & Artist: Roland Wolzack.
> East-Germany.

Das Unternehmen *Mountains Future Schwarzenberg* hatte alles organisiert. Es war international tätig, kompatibel mit den neuesten Kunstforderungen. Es war auf der Höhe der Zeit.
Als Wolzack seinem Chef den Bären vorgeführt hatte, auf zwei mal drei Metern Leinwand die authentischste Attraktion des Erzgebirges, war es um ihn geschehen:
Wolzack wurde befördert.
Hoch hinauf zum besten Pferd im Stall.
Zum Freien Mitarbeiter, zum Künstler mit Höchstgage
Nach New York
Ins Deutsche Haus.

Wo, wenn nicht im Deutschen Haus, dachte Wolzack, nachdem er endlich das Erzgebirge durchfahren hatte und die milderen fränkischen Wälder und Weinberggebiete ihn von seinem Zweifel, er sei unvollkommen und hätte nur Nebensächlichkeiten fotografiert, abgebracht hatten; wo wenn nicht im Deutschen Haus in New York, dieser Repräsentationsstelle Gesamtdeutschlands, sollte Wolzack seine Kunst ausstellen. Es dünkte ihm als der Gipfel des Ruhmes, bepackt mit zwei gigantischen Koffern Material, in Frankfurt/Main das Flugzeug zu besteigen und

er schloß die Augen, über dem Ozean öffnete er sie wieder und malte sich seinen Ruhm aus. Sechs Flugstunden lang träumte er vom Deutschen Haus und den Gästen, die kommen würden, und wie weit weg das Pißnest Schwarzenberg war! Von Neuwelt ganz zu schweigen. Schon im Flugzeug roch Wolzack die wirkliche Welt, sah er fremde Gesichter, hörte er unbekannte Sprachen. Wolzack setzte sich die Kopfhörer auf und schaltete auf den Kanal mit amerikanischer Countrymusik. Flog und träumte vom Fliegen. Er saugte alle Eindrücke auf wie ein Schwamm und flocht sie in seine Träume ein, *Go on horseback, grand cowboy!* sang die Welt in sein Ohr, Wolzack ritt in Gedanken über den Globus, sah sich um und wußte: Alle würden sie ins Deutsche Haus kommen. Die schlafenden Chinesen, die Inder, die Juden mit ihren Schläfenlocken, die buntbetuchten Neger, die dicke weiße Familie im Mittelgang, die klunkerbestückten Schönheitsdamen, Stewardessen, der Kapitän … Dieses Flugzeug war voll von Gästen seiner Vernissage –

und plötzlich sackte es ab

fiel in ein Loch. Wolzack entfuhr ein Schrei. Er preßte die Kopfhörer stärker an die Ohren, reite weiter, stolzer Cowboy, flehte er, und die Dudelmusik des Countrykanals tat ihm den Gefallen. Bis sie plötzlich mit einem Knacken in der Leitung aussetzte, noch einmal

sackte das Flugzeug ab.

Als einziger Passagier wurde Wolzack, der Fotograf, von

einer Stewardess beruhigt: das seien Turbulenzen, völlig normal in dieser Höhe.
Turbulenzen
bei denen das Gepäck aus dem Flugzeug fällt: zwei Koffer mit kostbarstem europäischem Geschichtsmaterial versinken im Atlantischen Ozean …
Wolzack griff sich an den Hals. Atemnot packte ihn. Panik.
»Meine Bilder«, flüsterte er und ergriff seine Sitznachbarin, eine amberduftende Inderin, am Handgelenk.
»Relax, Baby«, sagte die Inderin und streichelte streichelte streichelte Wolzack, bis er beruhigt war und bis zur Landung durchschlief.

Per Taxi mit zwei Koffern nach Manhattan. Nacht war, das Taxi stank nach Hundehütte. Der Fahrer, ein Kerl unbestimmter Herkunft, der eine noch unbestimmtere Sprache sprach, fuhr Wolzack, den Fotografen, durch lauter Straßen, die ins Unendliche zu gehen schienen.
»Washington Square!« sagte Wolzack und reichte dem Fahrer zusätzlich einen Zettel durch den Spalt der Sicherheitsscheibe, die Fahrer und Fahrgast voneinander trennten. Der Kerl krächzte etwas, bremste, fuhr an, bremste und begann zu lachen, als bei dem Deutschen das Würgen einsetzte.
Obwohl Wolzack auf dieser Fahrt mit seinem Ruhm, vielleicht sogar mit seinem Leben abgeschlossen hatte, setzte ihn der Chauffeur unerwartet auf dem Washington Square Nr. 13 ab. In der nächtlichen Stadt New York, mit zwei Koffern und dem langsam wiederkehrenden Gefühl, daß doch alles seine Richtigkeit habe, klopfte Wolzack an die Tür des Deutschen Hauses.

Nur das Material *eines* Koffers fand Platz an den Wänden und in den Schaukästen des Institutes, das sich Deutsches Haus nannte und in der Größe eher einem Erzgebirgshäusel als einem Weltstadtgebäude entsprach.
Etwa dreißig Besucher erschienen zur Vernissage.
Darunter zwei Amerikanerinnen. Fast alle kannten sich, redeten und schwatzten. Kaum einer sprach mit Wolzack. Nur eine der Amerikanerinnen trat auf den Künstler zu und sagte ihm in tränenunterdrücktem gebrochenem Deutsch:
»Meine Tochter Jane ist in den Mountains of Ore umgekommen. Eine grausame Gegend.«
Wolzack zuckte mit den Schultern. Er wußte von nichts. Als die Frau laut zu weinen begann, hatte er den Bären im Verdacht, und er versuchte die Frau zu beruhigen: *Relax! Relax!!* Aber da wurde sie schon von der Freundin aus dem Raum geführt. Die Ausstellung konnte eröffnet werden.
Noch bevor Wasser Wein Salzgebäck gereicht wurde, hatten alle die Exponate gesehen: Naturfotos, Glimmerschieferstücke, verschiedene Erze, Phiolen mit uranhaltigem Wasser, Klöppelspitzen, Schnitzereien und den Bären, von dem es hieß, man hätte ihn wieder im Erzgebirge gesichtet.
Um zehn Uhr abends war, nach amerikanischem Brauch, die Veranstaltung zu Ende.

Am nächsten Tag trottete Wolzack durch New York.
Allein, igelhaft geduckt, als hätte man ihm zu viel auf die Schultern geklopft. Aber es war Enttäuschung, die Wolzack durch Parks und Häuserschluchten schleichen ließ. Die bange Frage: was sollte er zu Hause von der großen

Welt berichten? Und was die Welt von ihm, dem begnadeten Zeitzeugen europäischer Geschichte und Gegenwart? Wolzack schaute von unten die Gipfel der Hochhäuser und Wolkenkratzer. Er maß sie mit den Augen aus und dachte nichts Besonderes dabei. Er verspürte keinerlei Lust zu fotografieren. Einmal flog ein Krähenschwarm durch die Schneise zwischen dem World Financial Center und der Manhattan Bank, haarscharf an Wolzacks Kopf vorbei. Er hielt kurz die Hände vors Gesicht und ging weiter. Ihm konnte nichts geschehen. Er fuhr mit der Underground von Downtown nach Harlem und zurück, er fürchtete nichts.

An seinem letzten Aufenthaltstag in New York bestieg Wolzack das American Telephon & Telegraph Company Building. Wie er auf das Dach gelangen konnte, war nicht zu klären. Wolzack stand in 390 Metern Höhe und blickte über die Stadt. Sie wollte nichts von ihm wissen.

»Dann lassen wir's eben!« sagte Wolzack.

Wind drückte ihm in den Rücken. Wolzack stand. Eine Sturmbö schlug ihm gegen die Brust. Wolzack stand. Luftwirbel wollten ihn vom Dach herunterreißen. Wolzack stand.

Ihn wollte einfach nichts schwindeln machen.

Inhaltsverzeichnis

Ich danke Lea und Regina Goldmann
für ihre Unterstützung.

K. H.